目　次

96 クマさん、トンネルを作る　8
97 クマさん、クリフに会いに行く　19
98 クマさん、トンネルに向かう　33
99 クマさん、ミリーラの町に戻ってくる　47
100 クマさん、いらない子？　その１　60
101 クマさん、いらない子？　その２　71
102 クマさん、トンネルを見に行く　80
103 クマさん、商業ギルドに行く　91
104 クマさん、海の町にクマハウスを建てる　102
105 クマさん、帰る前にいろいろする　117
106 クマさん、クリモニアに帰る　132
107 クマさん、アンズのお店を作る　143
108 クマさん、パンケーキを食べる　154
109 クマさん、冒険者ランクＣになる　164
110 クマさん、蜂の木に向かう　176
111 クマさん、熊をどうするか悩む　188
112 クマさん、絵本作家になる？　198
113 絵本　クマさんと少女　２巻　214
114 クマさん、エレローラさんに頼みごとをされる　222
115 クマさん、姉妹とお出かけする　233
116 クマさん、従業員をゲットする　246
117 クマさん、大きなクマハウスに行く　258
118 クマさん、タケノコを掘りに行く　271
119 クマさん、船に乗る　285
120 クマさん、４人で散歩する　299
番外編１　新人冒険者、ホルン　その１　311
番外編２　新人冒険者、ホルン　その２　324
ノベルス版５巻　書店特典１　王都に行く　クリフ編　338
ノベルス版５巻　書店特典２　ユナとクマと熊　346
ノベルス版５巻　書店特典３　アンジュとフローラ姫　353
ノベルス版５巻　書店特典４　ミリーラ旅行　フィナ編　361

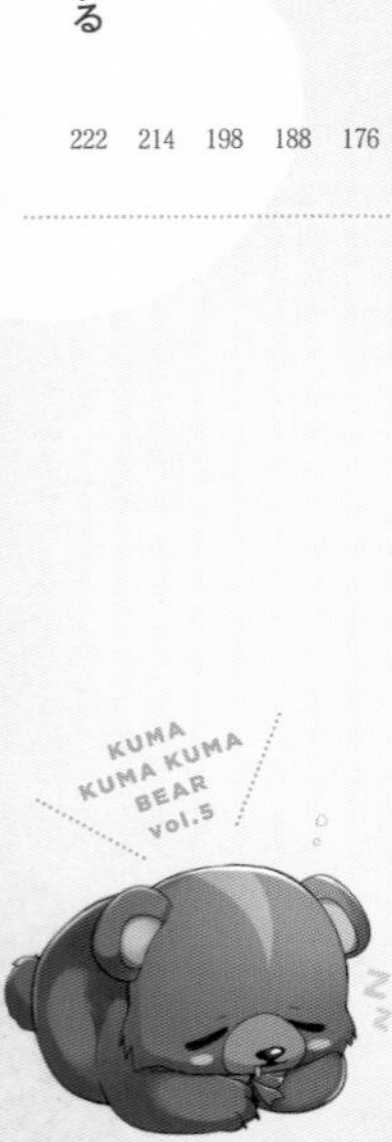

くまクマ熊ベアー 5

くまなの

PASH!文庫

ユナ'S STATUS_
名前：ユナ
年齢：15歳
性別：女
クマのフード（譲渡不可）
フードにあるクマの目を通して、武器や道具の効果を見ることができる。
白クマの手袋（譲渡不可）
防御の手袋、使い手のレベルによって防御力アップ。
白クマの召喚獣くまきゅうを召喚できる。
黒クマの手袋（譲渡不可）
攻撃の手袋、使い手のレベルによって威力アップ。
黒クマの召喚獣くまゆるを召喚できる。
黒白クマの服（譲渡不可）
見た目着ぐるみ。リバーシブル機能あり。
表：黒クマの服
使い手のレベルによって物理、魔法の耐性がアップ。
耐熱、耐寒機能つき。
裏：白クマの服
着ていると体力、魔力が自動回復する。
回復量、回復速度は使い手のレベルによって変わる。
耐熱、耐寒機能つき。
黒クマの靴（譲渡不可）
白クマの靴（譲渡不可）
使い手のレベルによって速度アップ。
使い手のレベルによって長時間歩いても疲れない。
くまゆる
くまきゅう
クマの下着（譲渡不可）
どんなに使っても汚れない。
汗、匂いもつかない優れもの。
装備者の成長によって大きさも変動する。
クマの召喚獣
クマの手袋から召喚される召喚獣。
子熊化することもできる。

スキル

異世界言語
異世界の言葉が日本語で聞こえる。

話すと異世界の言葉として相手に伝わる。

異世界文字
異世界の文字が読める。

書いた文字が異世界の文字になる。

クマの異次元ボックス
白クマの口は無限に広がる空間。どんなものも入れる(食べる)ことができる。

ただし、生きているものは入れる(食べる)ことができない。

入れている間は時間が止まる。

異次元ボックスに入れたものは、いつでも取り出すことができる。

クマの観察眼
黒白クマの服のフードにあるクマの目を通して、武器や道具の効果を見ることができる。

フードを被らないと効果は発動しない。

クマの探知
クマの野性の力によって魔物や人を探知することができる。

クマの地図
クマの目が見た場所を地図として作ることができる。

クマの召喚獣
クマの手袋からクマが召喚される。

黒い手袋からは黒いクマが召喚される。

白い手袋からは白いクマが召喚される。

クマの転移門
門を設置することによってお互いの門を行き来できるようになる。

３つ以上の門を設置する場合は行き先をイメージすることによって転移先を決めることができる。

この門はクマの手を使わないと開けることはできない。

クマフォン
遠くにいる人と会話できる。作り出した後、術者が消すまで顕在化する。物理的に壊れることはない。

クマフォンを渡した相手をイメージするとつながる。

クマの鳴き声で着信を伝える。持ち主が魔力を流すことでオン・オフの切り替えとなり通話できる。

魔法

クマのライト
クマの手袋に集まった魔力によって、クマの形をした光を生み出す。

クマの身体強化
クマの装備に魔力を通すことで身体強化を行うことができる。

クマの火属性魔法
クマの手袋に集まった魔力により、火属性の魔法を使うことができる。

威力は魔力、イメージに比例する。

クマをイメージすると、さらに威力が上がる。

クマの水属性魔法
クマの手袋に集まった魔力により、水属性の魔法を使うことができる。

威力は魔力、イメージに比例する。

クマをイメージすると、さらに威力が上がる。

クマの風属性魔法
クマの手袋に集まった魔力により、風属性の魔法を使うことができる。

威力は魔力、イメージに比例する。

クマをイメージすると、さらに威力が上がる。

クマの地属性魔法
クマの手袋に集まった魔力により、地属性の魔法を使うことができる。

威力は魔力、イメージに比例する。

クマをイメージすると、さらに威力が上がる。

クマの治癒魔法
クマの優しい心によって治療ができる。

96　クマさん、トンネルを作る

クラーケンが退治されたお祭り騒ぎも翌日には収まり、ミリーラの町は通常の暮らしに戻っていく。

盗賊が塞《ふさ》いでいた道は通れるようになり、海にいたクラーケンもいなくなった。

しばらくすれば、元の町に戻るだろうとデーガさんが言っていた。

デーガさんはお酒で酔いつぶれたことで、娘のアンズに叱《しか》られていた。でも、2人の顔には数日前までの暗い表情はない。嬉しそうに会話をしている。

「ユナさん、朝食もご飯でいいんですか」

「うん、お願い」

せっかく、お米があるんだから、食べないとね。魚を焼いてもらい、持参した卵を焼いてもらって、朝食をとる。

朝食を終え、部屋に戻ってくると昨日のアンズの言葉を思い出す。

近ければクリモニアに行ってもいい。

どうにか、アンズをクリモニアに呼びたいものだ。でも、アンズをくまゆるとくまきゅうに乗せてクリモニアに連れていっても、魚介類が手に入らなければ意味がない。

アンズを連れていくなら、魚介類の流通ルートも確保しないといけない。

でも、現状でクリモニアに行くには、海岸線を大きく回っていくか、山脈を越えるかの2択しかない。どちらも時間がかかるし、安全ではない。とてもじゃないが魚介類を運ぶルートにはできない。

アンズを連れていき、魚介類を日常的に食べるには、クリモニアとミリーラの行き来が簡単にできないとダメだ。そうなると、思いつく方法は1つしかない。2つの街の間にある山脈にトンネルを作ることだ。

トンネルがあればクリモニアに行く時間も縮まり、アンズもクリモニアに来てくれるし、魚介類の流通もできるようになる。

たぶん、クマの魔法を使って掘ればできるはず。

でも、トンネルを作るには問題がある。ただ、掘り進めるだけではトンネルはできないってことだ。

標高差。

こっちから水平に掘っていっても山の途中に出たり、こちらが低ければ、永遠に地中の中ってことだってありえる。標高差が分からないとトンネルは作れない。距離を確認するためにクマの地図のスキルを使う。

「うん？」

地図が少し変わっている？

今まで2Dだったのが、３Dになっている。操作をすると標高差が分かる。

もしかしてクラーケンを倒したことでバージョンアップした？

他にもスキルが増えていないか確認するが、増えていないようだ。

改めて地図のスキルを確認する。

クマの地図　ver．2・0
クマの目が見た場所を地図として作ることができる。

ver．2・0って、ソフトのバージョンアップじゃないんだから。でも、トンネルのことを考えると助かる機能だ。

わたしは改めて地図を見る。山脈が高いのがよく分かる。ユウラさんも、よくこんな山を登ろうとしたものだ。くまゆるとくまきゅうがいなかったら、絶対に登りたくない山だ。

地図でクリモニアとミリーラの場所を確認して、トンネルを作るのに適した場所を探す。

荷物を馬車で運ぶことを考えたら、街道に近いほうがいい。そして、お互いの街の距離が短く、標高差が少ない場所なら馬車の負担も減る。それらを吟味して、トンネルの場所を考える。

2か所ほど目星をつけていると、部屋のドアがノックされる。

「誰？」

「セイです。ユナさん、少しよろしいでしょうか？」

セイさん？　冒険者ギルドの人だ。なんだろう。宿屋に来るなんて珍しい。

ドアを開けて話を聞くことにする。

「お休みのところ、申し訳ありません。ギルマスが呼んでますので、冒険者ギルドまでお越しいただいてもよろしいでしょうか？」

「なにかあったの？」

これ以上、面倒ごとはお断りなんだけど。

「町についての相談だと、お聞きしています。詳しいことはギルマスからお聞きになってください」

町のこと？

詳しい話はアトラさんに聞いてくださいと言われては、断るわけにもいかないので、冒険者ギルドに向かう。冒険者ギルドに到着すると奥の部屋に案内され、中に入るとアトラさんとクロ爺《じい》さんと見知らぬ年配の男性が2人いる。

誰かな？

「ユナ、待っていたわ。来てくれてありがとうね。とりあえず、適当に座って」

「えーと、それで、どうして呼ばれたの？」

そう尋ねながら一番近い椅子に座る。

「ちょっと、ユナに頼みたいことがあって」

「頼み？」

わたしは聞き返す。少し嫌な予感がする。

「ユナにクリモニアの街の領主様とこの町の仲立ちになってもらえないかと思って」

「仲立ち？」

「今回、いろいろあったでしょう。町長は逃げ出し、商業ギルドの不祥事、クラーケンの出現。このままだと、いろいろと困ることが出てくるの。それで、クリモニアの街の領主様と話ができないかと思って」

「どういうこと？」

「単刀直入に言えば、ミリーラの町はクリモニアの街に属したいと思っているの」

「それって、国に属するってこと？」

わたしの言葉をアトラさんは肯定する。

「そんな大事なこと、他の住人は知っているの？」

「知らぬ。だが、今後のことは我々に一任されておる」

クロ爺さんが返答する。

「知っているのは、ここにいる者だけ。この町の有力者たちよ。本当は5人いたんだけど、2人は逃げてね」

「それで、話し合った結果、国に属することにしたのじゃ。子供たちの未来のことを考えると、このままではいけないと思ってのう」

「それで、どこの街に属するかという話になって、ユナの住むクリモニアの街はどうかって話になってね」

「でも、交易をしている他の町とかあるんでしょう。そっちのほうが近いんじゃ」

「国のことは分からんが、その町の領主はダメだ。自分の利益しか考えていない。盗賊が現れる前に、クラーケンのことをその町に頼んだら、莫大な金を要求された」

　黙っていたお爺さんの一人が悔しそうに話すと、隣のお爺さんたちも頷く。

「そのせいもあってな。本来は商業ギルドの暴走は、我々が止めなくてはならなかったんだが、クラーケンを討伐する資金を作るためと言われ、なにもできなかった。あの領主が莫大な金額を要求してこなければ、商業ギルドのザラッドも、今回のことはしなかったかもしれない」

「我々も、同罪なのかもしれん」

　3人のお爺さんたちは項垂《うなだ》れる。

　そう、そんな理由があったんだね。

　クロ爺さんがどうして商業ギルドの指示に従っていたのか疑問だったけど、クラーケンや盗賊を倒すための資金だと言われたら、従うしかないかもしれない。

「それで、ユナ。クリモニアの領主様ってどんな人なのか知っている？」

「領主？」

つまり、クリフのことだよね。

「悪い人ではないよ。お金に汚い話も聞かないし」

わたしが知らないだけかもしれないけど。

「とりあえず、クリモニアの領主様と交渉をさせてほしいの。それによって、クリモニアに属するか決めたいの。お願いできる？」

「話は分かったけど。どうなるか分からないよ」

「それでもかまわない。頼めるか」

お爺さんたちが頭を下げる。

「話すだけ話してみるよ。ダメだったら、ごめんね」

「いや、それだけで十分じゃ。これをクリモニアの領主様に渡してくれ、詳しいことが書かれている」

お爺さんから手紙を受け取る。

「それじゃ、明日の朝に出発するよ」

出発するなら早いほうがいい。

「あっ、土地のことは忘れないでね」

クラーケンを倒した礼として家を建てる土地をもらう予定になっている。

「ユナが戻ってくるまでには用意しておくわ」

「いい場所をお願いね」

想像してみる。小高い場所に建つペンション（クマハウス）。いいかもしれない。

宿に戻って、デーガさんとアンズにクリモニアに戻ることを話す。

「もう、帰るのか？」

「ユナさん。もう少しゆっくりしてもいいじゃないですか？　ユナさんのおかげでクラーケンもいなくなったのに。美味《おい》しい料理を食べてほしいんです」

「魚が捕れるようになったから、美味《うま》い料理を作ってやろうと思ったのにな」

アンズとデーガさんが残念そうな表情をするが、食べられないわたしはもっと残念だ。

「すぐに戻ってくるから、そのとき食べさせてもらうよ」

「すぐ、戻ってくるんですか？」

「うん、アトラさんにちょっと頼まれごとをされてね。クリモニアの街に戻ることになっただけだから、すぐに戻ってくるよ」

「それじゃ、お米はどうする？　預かっておくか？」

「ううん、もらっていくよ」

わたしにはクマボックスがあるから、問題はない。

食堂の倉庫に案内される。そこには樽《たる》に入ったお米があった。

「全部いいの？」

かなりの量のお米が入っている。海が解放されたとはいえ、食料難なのは事実のはずだ。

「住人のみんなが嬢ちゃんのためにって持ってきてくれたんだ。全部、嬢ちゃんの米だ。気にせずに持っていってくれ」

わたしは有り難く樽ごとクマボックスにしまう。

これで、しばらく一人で食べる分には困ることはない。

翌日、デーガさんにお礼を言って、宿を出た。

町の外に出るまでの間、顔を会わせる住民たちが声をかけてくる。わたしは軽くクマさんパペットを振った。そして、町の外まで来たところで、くまゆるを召喚する。くまゆるに乗ったわたしは地図を呼び出し、前もって目星をつけていた場所へ向かった。

街道を走り、途中から森の中に入っていく。このへんの木は後で処理するとして、トンネルを掘る場所にやってくる。

このあたりかな?

地図を見ながらクリモニアの方角を確認して、トンネルを掘る場所を選定する。

うん、このあたりからトンネルを掘っていけば、大丈夫みたいだ。

次に土魔法で即席の着替えボックスを作り、白クマの服に着替える。誰もいないと分かっていても、外で着替える勇気をわたしは持っていない。

白クマの服に着替えるのはこれから魔法をたくさん使うためだ。クラーケンのときみたいに、魔力の使いすぎで倒れるのは避けたい。白クマになれば、魔力の回復は早い。だから、今回は忘れずに着替える。

着替え終わると、トンネルの入り口となる場所に立つ。

とりあえず、掘ってみる。トンネルの大きさは一般的な馬車よりも一回り大きな馬車が通れるほどにする。

馬車の大きさを考えるとこのぐらいかな。初めに、ある程度のトンネルの大きさを決める。大きさを決めたら掘っていくだけだ。トンネルの中は真っ暗なので、クマのライトを作り出し、照らす。

歩きながら、穴を掘り進めていく。壁は崩れないように圧縮して固め、足元はデコボコにならないようにならす。意外と面倒な作業だ。穴を掘るだけなら簡単だけど、壁の強化と地面を平らにする作業は手間がかかる。

白クマの服のおかげで魔力の消耗も少ない。初めは苦労した作業も同じ作業の繰り返しともなってくると、次第に慣れてくる。

単純な作業で眠くなりそうだけど、掘っては固め、掘っては固め、時折、方角と標高差を確認する。標高を間違えると面倒なことになる。なだらかな道にしておかないと馬車が通るときに苦労する。

途中でデーガさんが作ってくれたおにぎりを食べてお腹《なか》をふくらませる。お腹がふくれると眠くなるので、眠気防止のため鼻歌を歌う。掘り進めること数時間。ついにトンネルが貫通する。地図を確認すると山脈の反対側に出ていた。

やっと、出てこられた。

うん？　暗い？

クマのライトによって照らされているが、外は闇、真っ黒、暗い。上を見上げれば、僅《わず》かな星明かりが木々の間から漏れている。

朝から黙々と掘っていたら、夜になった。どうりで欠伸《あくび》が何度も出ていたわけだ。夜だと分かった瞬間、眠気が襲ってきた。

わたしはトンネルの前に旅用のクマハウスを取り出す。中に入る前に汚れを確認するが、山の中でトンネルを作っていたのにもかかわらず白クマの服は綺麗《きれい》なものだ。さすが、クマ服。

クマハウスに入り、眠いのを我慢してお風呂に入って布団に潜り込む。

護衛に子熊のくまゆるとくまきゅうを召喚しておく。

「くまゆる、くまきゅう、お休み」

わたしは一瞬で夢の中に落ちていった。

97　クマさん、クリフに会いに行く

風呂に入り、トンネル作りで疲れた（精神的）体を休め、早めに就寝したわたしは、微《かす》かに入ってくる日差しで目を覚ました。

体の疲れも残っていない。軽く朝食をとると、一度送還していたくまきゅうを召喚して、クリモニアに向けて出発する。

くまきゅうを走らせ、それほど時間もかからずにクリモニアに到着する。門番をしている人に挨拶《あいさつ》をして中に入る。もちろん、くまきゅうは送還する。

フィナやティルミナさんに帰ってきた報告をする前に、頼まれごとを片付けることにする。

領主の館に着いて、顔見知りの門番にクリフに会いに来たことを伝える。すぐに部屋に通され、クリフと会うことができた。

暇なのかな？

「ノアじゃなくて、俺に用とは珍しいな」

「頼まれごとがあってね」

「頼まれごと？」

わたしはミリーラで預かった手紙をクリフに渡す。受け取ったクリフはその場で手紙に目を通す。そして、手紙を読み終わると、ため息をつく。

「おまえはなにをやっているんだ。クラーケンを一人で倒すとか、有り得ないだろ」

「わたしが倒したことが書かれているの？」

アトラさんには口止めしたのに。

「そうは書かれていないが、一人の冒険者によって倒されたって書かれていて、おまえのことを知っていれば、誰だっておまえだと思うわ！」

呆《あき》れたように言われる。

確かに、1万の魔物を倒し、ブラックバイパーを倒したことを知っているクリフになら気づかれてもしかたない。

でも、クロ爺さんも、もう少し隠した書き方はできなかったのかな？

「わたしだって好きで討伐したわけじゃないよ。わたしの進む道にクラーケンがいて、邪魔をしたから倒したんだよ」

進む道＝お米を手に入れる。

その道にクラーケンが立ち塞《ふさ》がったのが悪い。

「我が道を進むって、おまえは、どこの覇王だよ。世界征服でもするのか？」

「そんな面倒なことしないよ」

「できないとは言わないんだな」

「できないよ」

できるかもしれないけど、するつもりもない。

世界征服をしたってなにが楽しいんだか。そんな面倒なことをするなら、昼寝でもしてたほうがいい。異世界転生して、勇者になったり、魔王になったりと、頑張る話があるけど。みんな、頑張るよね。わたしだったら絶対にやらないね。

「まあ、今はユナのことよりも、手紙の内容だな」

「手紙には、なんて書いてあったの？」

ある程度は知らされているけど、手紙にどのようなことが書かれているかは聞いていない。

「要約すれば、この1か月ほどの出来事と、税を払うからクリモニアの領地に入れてほしいってことだな。おまえさんがこの町でなにをしたのかが目に浮かぶよ」

遠い目をしながらそんなことを言い始める。

「そんなにわたしのことが書かれているの？」

「一人の冒険者が食料を寄付してくれたので助かったとか、一人の冒険者と4人の冒険者が盗賊団を倒して、捕まっていた人を救い出したとか。一人の冒険者がクラーケンを倒してくれたおかげで、食料難から抜け出せたとかだな。一応、おまえさんの名前は一切出ていないから大丈夫だ」

それのどこが大丈夫なの？

わたしのことを知らない人が手紙を読んでもわたしとは思わないか。でもクリフぐらいわたしのことを知っていれば、気づかれるよね？　クリフとわたしの関係を知らないアトラさんやお爺さんじゃしかたない。

「まあ、おまえさんのことは横に置いて、問題はどうやって話し合いを持つかだな。話すには会わないといけないだろう。でも、町には町長はいない。現在、町を纏《まと》めているのは老人が3人。補佐役に冒険者ギルドのギルマス。年寄りをここに呼び寄せるのも酷なことだろ」

「クリフ、暇なんでしょう。ミリーラまで行ってあげればいいじゃない」

「おまえな、俺はこれでも、領主なんだぞ。仕事だってある。街を何日も離れるわけにはいかないんだぞ」

「ミリーラまでなら、一日で行けるよ」

わたしの言葉にクリフは、

「………医者を呼ばないといけないな」

と真面目な顔で言う。

「熱ならないよ」

「行けるわけないだろう。どうやったら、一日で山脈の反対側にある町に行けるんだ。空でも飛ぶのか？」

クリフは人を小馬鹿にするように、鳥が羽ばたきする真似をする。なにかムカつくんだけど。

「空は飛ばないけど、トンネルを作ったから」

「…………はぁ？」

鳥の動作をやめて、アホ面になるクリフ。娘のノアには見せられない顔だね。

「すまない。もう一度、言ってくれないか。聞き間違えたかもしれない」

「トンネルを掘ったから、くまゆるなら一日かからずに行けるよ」

こめかみを押さえるクリフ。

「嘘《うそ》を言っているわけじゃ、ないんだよな？　…………おまえさんなら、有り得るのか？　あの、山脈にトンネルを作った。しかも、この数日の間に…………」

正確には一日だけど。

「本当に作ったのか？」

「作ったよ。魚介類の流通経路が作りたかったから」

あと、アンズにクリモニアに来てほしかったからね。

「おまえさんの存在は非常識だと思っていたが、ここまで非常識だとは思わなかった」

「だから、くまゆるなら町まで一日で行けるけど。お爺さんたちを連れてくるなら、馬車を使うから、時間はかかるよ」

「いや、そういうことなら俺が行こう」

決断が早い。

ウジウジと悩まれるよりもいいけど。

「それにおまえさんが作ったトンネルも確認しないといけないしな」

確認って、テストの採点をされるようで嫌なんだけど。

「それじゃ、いつ出発する？」

「明日中に急ぎの仕事は終わらせる。それと、商業ギルドにも連絡をしないといけないからな。出発は明後日だな」

クリフは少し考え、即断する。

「商業ギルド？」

「手紙によると商業ギルドのギルマスが犯罪を起こしたみたいだからな。話を通さないとダメだろう。できればうちのギルマスも連れていきたいが、おまえさんのクマは何人まで乗れるんだ」

「2人までなら、乗れるよ」

「なら、頼めるか？」

「別にいいけど、くまゆるとくまきゅうを怖がったら乗せないよ」

怖がる人物をくまゆるとくまきゅうに乗せたくない。

でも、今回は緊急事態だ。ミリーラの商業ギルドのギルマスも捕まった。いつまでもあの状態にしておくわけにはいかないだろうし、クリモニアのギルドマスターに来てもらうのはいい考えだ。

「あの女なら大丈夫だろう。もし怖がるようなら、置いていけばいい」

クリフがそれでいいなら、いいんだけど。いいのかな？

「それじゃ、明後日、お前さんの家に行くから、待っててくれ」

クリフと約束をして、廊下に出るとノアが駆け寄ってくるところだった。

「ユナさん。来たのなら、わたしを呼んでください」

「今日はクリフに用があったからね」

「その用は終わったのですか？」

「今日のところはね」

「なら、時間はありますよね」

可愛《かわい》らしい笑顔でわたしを誘うが、ノアの後ろにいる人が笑顔でこちらを見ている。でも、なぜか、その笑顔に恐怖心を感じる。

「いいの？　さっきから、笑顔でこっちを見ているララさんがいるけど」

後ろを見て、青ざめるノア。

やっぱり、ノアもララさんの笑顔の下にある顔に気づいたようだ。

「ノアール様、まだ、勉強の途中ですよ」

「もう疲れました。休憩が欲しいです。クマ成分を補充したいです」

なに？　そのクマ成分って。初めて聞く成分だよ。もし、そんな成分があるなら、地球の学会で発表すれば、ノーベル賞ものだ。

だだをこねるノアを見てララさんは、小さくため息をつく。

「分かりました。少しだけですよ。ユナ様、少しだけノアール様のお相手をお願いできますか？」

「いいけど」

「では、お願いします。わたしはお茶を用意してきますので」

ララさんは頭を下げて、この場から離れる。

「それじゃ、ユナさん。わたしの部屋に行きましょう」

ノアはわたしのクマさんパペットの手を引っ張っていく。

「それで、ユナさんはどこに行っていたのですか？」

「エレゼント山脈を越えた先にある海だけど」

「あの山を越えたんですか？」

「くまゆるとくまきゅうがいるからね」

「くまゆるちゃんたち、凄《すご》いです。それにしても海ですか、いいな。わたしも行ってみたいです」

「それじゃ、暖かくなったら行こうか」

「行きたいですが、遠出はお父様が許してくれません」

「大丈夫だよ。近くなるから」

「…………？」

ノアは首を小さく傾《かし》げる。

トンネルのことはまだ話せないので言葉を濁しておく。

「そのときは、わたしがクリフを説得してあげるから」

「本当ですか？　約束ですよ。それで、ユナさん。お願いがあるんですが」

恥ずかしそうに上目遣いで見てくる。女のわたしから見ても可愛《かわい》い仕草だ。もし、ロリコン男子だったら、お願いを聞くんだろうな。

まあ、わたしも断ることはできないんだけど。

「くまゆるちゃんたちをお願いしていいですか？」

予想どおりのお願いだ。さっきもクマ成分とか言っていたし。

せっかくなので、子熊化したくまゆるとくまきゅうをお披露目することにした。

「な、な、なんですか！　このくまさんは！」

「くまゆるとくまきゅうだよ。この大きさなら、部屋でも大丈夫でしょう」

ノアはくまゆるとくまきゅうにゆっくりと近づく。

別に逃げたりしないのに。

そして、くまゆるとくまきゅうを抱きしめる。

「ユナさん、この子たちをください！」

「あげないよ」

そのあと、休憩が終わっても、くまゆるとくまきゅうを離さないノアがララさんに怒られたのは言うまでもない。


翌日、フィナやティルミナさんに戻ってきたことを伝えるため、孤児院に向かう。

孤児院の周りでは元気よく遊んでいる子供たちがいる。わたしが幼年組と呼んでいる子供たちだ。下は歩き始めた子から、5歳ぐらいまでの子供たちだ。幼年組は鳥のお世話や力仕事ができないので、外で元気に遊んでいる。

わたしに気づくと、その子供たちが、嬉しそうに近寄ってくる。

「くまのお姉ちゃん！」

「みんな、仲良くしている？」

「うん！」

子供たちを見る。みんなよりも一歩後ろからわたしのことを見ている子が一人いる。新しい子かな？

「みんなで仲良く遊んでいるよ」

周辺を見ても除《の》け者になっているような子はいないようだ。

「えらいね」

「えへへ」

「みんなで仲良く遊ぶんだよ」

「うん！」

わたしが褒めてあげると子供たちは笑顔になる。そして、新しい子の手を摑《つか》むと走りだす。他の子たちもそれを追いかける。新しい子も笑顔で溶け込んでいるようだ。

さすが、院長先生とリズさんだ。子供たちはしっかりしている。

子供たちと別れたわたしは、ティルミナさんがいる鳥小屋の隣にある小さな小屋に向かう。ここでティルミナさんは子供たちが集めてきた卵を数えている。鳥のお世話をしているのは6歳以上の子たちで、卵を集めたり、鳥小屋を掃除したりしている。

小屋の中に入ると、ティルミナさんがまさに卵を数えているところだった。フィナとシュリが手伝っている姿がある。

「ユナお姉ちゃん！」

「ただいま」

フィナとシュリは嬉しそうにやってきてわたしに抱きついてくる。

「なにもなかった？」

わたしは2人に尋ねる。まあ、なにかあればクマフォンで連絡があっただろうし。それに、この落ち着いた空気が何事もなかったことを示している。

「うん、なにもないですよ。お母さんとお父さんも仲がいいですから」

それはいいことだ。近いうちにフィナたちに新しい弟か妹ができるかもしれない。

「フィナ、余計なことを言わないでいいのよ」

ティルミナさんは娘に家庭状況を説明されて、少し恥ずかしそうにする。

「ティルミナさん、ただいま」

わたしはフィナとシュリの頭を撫《な》でながらティルミナさんのところに行く。

「おかえり、それで海はどうだったの？」

「まあ、いろいろとあったけど、楽しかったよ」

クラーケンや盗賊がいたけど。

「そう、冒険者時代に行ったことはあるけど、もう一度行ってみたいわね」

トンネルを使えば簡単に行けるようになる。今度、ティルミナさんや子供たちを連れて海に行くのもいいかもしれない。子供たちは海なんて見たことがないだろうし。

ティルミナさんに挨拶《あいさつ》を終えたわたしは院長先生のところに向かう。

新しく建てた孤児院の入り口には守っているようにクマの置物が立っている。わたしはクマの置物に軽く手を触れ、「子供たちを守ってあげてね」と心の中でお願いをする。

孤児院の中に入ると院長先生とリズさんがいる。

2人に戻ってきた報告をする。

「院長先生。これお土産です」

クマボックスから宴のときに大量にもらった海鮮料理を取り出す。

あんなに出されても、一人で食べきれるわけがない。みんな、次から次へと料理を運んでくるから、余ってしまった。

「魚ですか。珍しいものを持ってきてくれましたね。少し早いですが、子供たちを呼んでお昼にしましょうか」

「それじゃ、呼んできますね」

リズさんが部屋から出ていく。

「あと、院長先生は魚を捌《さば》けます？」

「川魚でしたら、やったことがありますが」

まあ、孤児院では魚は食べられなかっただろうししかたないのかな。

そう考えると、是が非でも、アンズにはクリモニアに来てもらわないといけないね。

98　クマさん、トンネルに向かう

昨日はフィナたちと過ごし、今日はクリフとミリーラの町に向かう予定になっている。確か、商業ギルドのギルドマスターも一緒に来るかもと言っていた。もし、くまゆるとくまきゅうを怖がるような人なら、断るつもりでいる。くまゆるとくまきゅうを怖がる人を無理やり乗せるほど、わたしはお人好しではない。

クマハウスで待っていると、クリフとミレーヌさんがやってきた。

「待たせたな」

「そんなに待っていないけど、どうしてミレーヌさんがいるの？」

意外な組み合わせだ。そう思うのは見慣れないせいかもしれないけど。

「なぜって、ミレーヌがこの街の商業ギルドのギルマスだぞ。確か、おまえたち知り合いだったよな？」

クリフはなにかを思い出すように尋ねてくる。

ミレーヌさんがギルマスだなんて、初耳なんだけど。

「ミレーヌさんって、ギルドマスターだったの？」

「あれ、言ってなかったっけ」

ミレーヌさんは惚《とぼ》けたように言う。その表情を見ると絶対にわざと言わなかったんだね。

わたしは疑うようにミレーヌさんを見る。

「冗談よ。本当に言うタイミングがなかっただけよ。わたしがギルドマスターでも普通の職員でも、わたしたちの関係は変わらないでしょう」

誤魔化《ごまか》そうとするが絶対に嘘だ。黙って楽しんでいたんだ。

「もしかして、ミレーヌさん。見かけより年齢、高い？」

そもそも、ミレーヌさんは見た目が若い。見た目ではギルドマスターとは思えない。考えられるのはエレローラさんと同様に、見た目詐欺《さぎ》だ。

「失礼ね。見た目どおり、20代よ」

それって、幅が広くない？

20歳と29歳じゃ、かなり違うと思うんだけど。まあ、言いたくないってことは後半なんだろう。それでも、その年齢でギルドマスターって凄《すご》いと思う。

でも、ミレーヌさんがギルドマスターだと考えれば、辻褄《つじつま》が合うことも出てくる。卵を卸したときもお店を出すときも、ミレーヌさんの独断が多かった。一職員ではできないようなことだ。そのたびミレーヌさんは「大丈夫だよ」「任せて」といろいろと融通を利かせてくれた。

なによりも一職員に、領主に卵を販売しないようお願いして、実行する力があるわけがなかった。今考えれば、おかしいところがたくさんあった。

これも、見た目が若いという先入観に騙《だま》された。

「おまえさんが20代でも、30代でも、40代でもかまわん。いいから出発するぞ。いつまでも、ここにいてもしょうがないだろう」

クリフが面倒くさそうに言い、踵《きびす》を返す。

「ちょ、ちょっと、20代と30代じゃ、天と地の差があるわよ。それに40代ってなによ！　女性にそんなことを言ったら嫌われるわよ」

「大丈夫だ。おまえさんと違って、俺はすでに結婚してるし、子供もいる」

確かに、エレローラさんみたいな綺麗《きれい》な奥さんに、ノアやシアみたいな可愛《かわい》い娘がいれば勝ち組だろう。浮気とかをしたいんじゃなければ、他の女性にもてる必要はない。

「クリフ。もしかして、喧嘩《けんか》を売っている？」

「事実を言ったまでだ」

2人の間に剣呑《けんのん》な雰囲気が漂い始める。

もしかして、犬と猿？　どっちがどっちか、分からないけど。

そんなことよりも、

「ミレーヌさん。ミリーラの町に行ってくれるの？」

「そりゃ、商業ギルドの不祥事だし、トンネルの話が本当なら見てみたいし、トンネルがあればミリーラの町と交易が始まるだろうし。そうなるとギルドマスターのわたしが行かないと処理ができない案件がたくさん出てくるわ。なによりも、噂《うわさ》のユナちゃんのクマに乗せてもらえるなら、仕事をサボってでも行くわよ」

いつも商業ギルドの受付をしているように見えるけど、ギルドマスターとしての仕事はしているのかな？

「おまえは仕事をしろ！」

「だから、仕事しにミリーラの町に行くんでしょう」

「うっ」

クリフはミレーヌさんに正論を言われて黙り込む。

「それじゃ、ユナちゃん。噂のクマさんに会いに行きましょう」

ミレーヌさんがわたしの肩を摑《つか》むと歩きだす。その後ろを、呆《あき》れた顔でクリフがついてくる。まあ、仕事をしてくれるならいいんだけど。

街の外に出るときに変な組み合わせで門番に驚かれる。そりゃ、領主様と商業ギルドのギルドマスターが一緒にいれば驚くよね。その驚いている中にわたしが入っていないことを祈る。

街の外に出たわたしはクマさんパペットを前に伸ばすと、くまゆるとくまきゅうを召喚する。

「これが、噂のクマね」

ミレーヌさんは不思議そうにくまゆるとくまきゅうを見る。

「それじゃ、クリフはくまゆるに乗って、ミレーヌさんはわたしと一緒にくまきゅうに」

「くまゆるは黒いほうだったな」

クリフは名前を言うだけで理解して、くまゆるのほうに向かう。

「ユナちゃん。くまゆるとくまきゅうって？」

「黒いほうがくまゆるで、白いほうがくまきゅうだよ」

「ふふ、ユナちゃんらしいネーミングセンスね」

「それって、どういう意味？」

「見た目と同じで、可愛《かわい》らしい名前って意味よ」

ミレーヌさんは誤魔化すように笑みを浮かべる。

くまゆる、くまきゅう、可愛いかどうか分からないけど。もう、愛着がある名前になっている。わたしにネーミングセンスがあれば、もっといい名前をつけることができたかもしれないけど、今はくまゆるとくまきゅうでよかったと思っている。

ミレーヌさんはくまきゅうに近づく。

「それじゃ、くまきゅうちゃん。お願いね」

ミレーヌさんがくまきゅうの首あたりを擦《さす》ると、くまきゅうは気持ちよさそうにする。

「それで、ユナちゃん。どうやって乗ったらいいの？」

普通の馬と違い、鞍《くら》とかついていない。

でも、ミレーヌさんの言葉でくまきゅうは乗りやすく腰を下ろしてくれる。先にわたしが乗り、その後ろにミレーヌさんが乗る。

「鞍もないのに座り心地がいいのね」

「長時間乗っていても、大丈夫だよ」

くまゆるとくまきゅうの乗り心地は最高だ。乗っているといつも、睡魔に襲われるほどだ。


わたしたちを乗せたくまゆるとくまきゅうはトンネルがあるエレゼント山脈に向かう。

初めは軽く走る程度の速度で移動する。

「滑らかに走るのね」

くまゆるとくまきゅうは併走する。

「速くていいな。馬車は遅いからな」

そりゃ、馬車と比べたら速い。

それから、くまゆるとくまきゅうは徐々に速度を上げ、数時間もしないうちにエレゼント山脈の麓に到着する。

「このへんだと思ったんだけど」

トンネルを作ったあたりにやってくる。

地図を見ると、このへんのはずなんだけど。

「迷ったのか？」

クリフが尋ねてくる。

わたしがあたりを見回していると、くまきゅうが勝手に歩きだす。

「くまきゅう？」

くまきゅうとくまゆるは自分に任せろと言わんばかりにわたしたちを乗せて歩く。

数分後には周りを木々で覆《おお》われたトンネルが見つかった。

「おまえさんより、クマのほうが賢いな」

今回ばかりは言い返すことができない。


トンネルに入る前に休憩を取ることにする。

「それにしても、クマのおかげで早く到着したな」

「商人が見たら、欲しがるわね」

「冒険者だって欲しがるだろう」

オレンの果汁を飲みながらくまゆるとくまきゅうの感想を言っている。

どれだけ大金を積まれようと、くまゆるとくまきゅうを譲る気はない。もし、無理やり奪おうとする者がいたら、それがクリフでも許さない。

「そんな顔で睨《にら》むな。誰もおまえさんのクマを奪おうとは思わん。そんなことをすれば、俺の命がいくつあっても足りん」

クリフはわたしの頭をグリグリと撫《な》でる。

クリフとミレーヌさんはトンネルの前に移動する。

「これが、ユナが作ったトンネルか」

クリフはトンネルを見ると、仕事人の顔つきになる。そして、真剣な顔でミレーヌさんと検討し始める。

「大きさは、馬車2台がすれ違うぐらいはあるか？」

「そうね。そのぐらいはあるわね」

「思ったよりも大きいな」

「でも、大型の馬車が通ったら、すれ違うことはできないわね」

「馬車の大きさを規制するか？」

「う〜ん。それだと馬車の規制を知らない者が来たら、面倒なことが起きるわね」

「なら、奇数と偶数の日にちで分けるか？　そうすれば、一日、待機するだけですむだろう」

「う〜ん、そのあたりは様子見かしら？」

「まあ、すぐに結論を出すことではない。まずは、トンネルの距離を調べて今後の状況次第で決めればいいだろう」

もう少し大きく作ればよかったかな？

「あと、このあたりを切り開いて、駐屯所《ちゅうとんじょ》を作って、トンネルの管理も必要ね」

ミレーヌさんは周辺を見る。木々が生い繁っている。

「それとトンネルの通行料も決めないといけないな」

「どのくらいが、適切なのかしら？」

「本来はトンネルを作るのに使用した資金によって決めるんだが」

2人はわたしのほうをチラッと見る。

「お金を取るの？」

「当たり前だろう。どこのバカが無料で提供するんだ。維持費もかかるし、ここに駐屯させる兵士か冒険者も雇わないといけないだろう」

「トンネルの中に盗賊や魔物が入り込んだら、大変なことになるからね」

確かにトンネルを放置していたら、魔物が入り込む可能性もある。そうさせないためにも兵士や冒険者の駐屯は必要だね。しかも、両方の出入り口で必要になる。そう考えれば管理するためにもトンネルの通行料が必要になってくる。

「それに、この暗さも魔石で明るくしないといけないだろう」

「光の魔石の設置と魔力線。これだけでもかなりのお金がかかるわ」

魔力線とは言葉どおり魔力を通す線。地球でいえば電気を流す電線のことだ。魔力線はクマハウスにも使用されている。天井の光の魔石を光らせるために、手元の壁にある普通の魔石に触れると、魔力線を伝わって天井の光の魔石が光るようになっている。

「あと、風の魔石の設置も必要になるわね」

「こんだけ長いと必要か。それ以前に反対側までどのくらいの距離があるんだ。長さによっては休憩所も必要かもしれないぞ」

わたし抜きで今後のトンネルの使用方法について、2人は意見を言い合っている。

わたしとしては魚介類がクリモニアの街まで運ばれてくれれば問題はないんだけど。そう簡単にはいかないんだ。具体的なことは専門家に任せることになった。

そして、休憩もそこそこにして、出発することにする。

わたしはクマのライトを作り、前方に固定させる。わたしが動けばライトもわたしに合わせて動く。

「ユナ、悪いが速度は遅く頼む。トンネルの状況と長さが知りたい」

くまゆるとくまきゅうはゆっくりとトンネルの中を歩いていく。

「水は落ちてこないようだな」

クリフが天井を見る。

「魔法で水の流れは外側にしているから落ちてこないよ」

鍾乳洞《しょうにゅうどう》みたいになっても嫌だからね。

「管理が楽になるな」

「あとは強度の問題ね。崩れでもしたら大変よ」

「そこは土の魔石で補強すれば大丈夫だろう」

土の魔石は土の壁に入れると、強度が増すらしい。街や王都などを囲む防壁にも土の魔石が埋め込まれているらしい。

「光の魔石、風の魔石に加えて、土の魔石ね。お金がかかりそうね」

光の魔石はトンネルを明るくするため、風の魔石は空気を通すため、土の魔石はトンネルの強度をあげるために必要になる。

「そのための通行料だろう」

「でも、初めにかかる出費はどうするの。商業ギルドとしては、後払いは困るんだけど」

「そのぐらいの金はあるから安心しろ」

「それじゃ、問題は魔石の確保ね」

「商業ギルドのほうで集められるか？」

「う～ん、できないことはないけど、相場が崩れるのが怖いわね。それに買い占めをして品不足になるのも避けたいわね」

「そうなると、王都で仕入れたほうがいいか？」

「そのほうがいいと思うわ。近くの町で仕入れても同様なことが起きると思う。でも、王都ならその心配はないわ」

トンネルを使えるようにするのは大変なことだったんだね。穴を掘れば完成ってわけじゃなかったんだね。光は必要だし、空気の入れ換えもしないといけない。

お店もそうだったけど、素人のわたしが考えると穴だらけだ。

2人が話す間も進んでいるが出口が見えることはない。まあ、クリフの頼みでゆっくり進んでいるせいもある。

「この中で光がなくなったら恐いわね」

「ユナ、この変な光は大丈夫か？」

変な光って、失礼だな。クマの形をした光なのに。まあ、初めはわたしも変だと思ったけど。

「大丈夫だよ」

消えたら作ればいいだけだし。

「流石《さすが》に天井に光の魔石を取り付けるのは大変だから、左右の壁に取り付けるしかないな」

天井は馬車が通れるほどの高さになっているため、普通では手は届かない。天井に取り付けるなら、毎回、台を用意しないといけない。

「そのほうがいいわね。片方が消えても、片方に光があれば安心だからね」

「コストが2倍になるがしかたないな」

かなり会話も進んだが、トンネルはいまだに終わりが見えない。

「長いな」

「まあ、あの山脈を直進に掘ったけど、かなりの距離はあるからね」

「これは休憩所を作ったほうがいいな」

「作るなら、トンネルの真ん中あたりがいいかもね」

2人の視線を感じる。

「もしかして、わたしが作るの？」

「ここまで、作ったんだ。休憩所ぐらい作ってもいいだろう。ミレーヌの言う通り、中央あたりが分かると一番いいんだが。一度、正確な距離を測らないとダメだな」

「距離は分からないけど、中央なら分かるよ」

クマの地図を見れば中央の位置は大まかだが分かる。

「本当か？」

「もうすぐだよ」

地図を見ながら、くまきゅうを走らせる。ちなみに地図は開いていても、この世界の住人には見れないらしい。このことはフィナで検証ずみだ。

「だいたい、このへんが中心だね」

「おまえさんはそんなことまで分かるのか」

「まあ、おおよそだからあまり当てにしないでね」

「多少の差ならいい。この場所に少し拓けた場所を作れないか？」

わたしはクリフの指示どおりに、土魔法で壁を押し込んでいく。

「凄いものね。こんなに簡単に穴が掘れるのね」

しばらくすると、馬車が数台止められるスペースが完成する。

「ここが中央なら、ゆっくり行くこともないな。ユナ、悪いが速度を上げてもらっていいか？」

くまゆるとくまきゅうの速度を上げて、残りの半分の道のりを駆け抜けた。

99　クマさん、ミリーラの町に戻ってくる

トンネルを抜けたころには、すでに日が沈みかけていた。

潮風が吹き抜けて、新鮮な空気が体に入ってくる。トンネルの中に長くいたせいか、余計にそう感じてしまう。それはクリフたちも同様のようで、海を眺めている。

「綺麗《きれい》ね」

「そうだな」

「トンネルのおかげでクリモニアとも近くなったし、休暇はこっちの町で過ごすのもいいかもね」

「俺も今度は娘を連れてくるかな」

それはノアも喜ぶね。

「でも、本当に一日でエレゼント山脈の反対側まで来られるとは思わなかったわ」

「山脈を回り込んだら何日かかるか、分からんからな」

そんなやり取りをしながら、海に沈む夕日を見ながら町に向かう。町に着くと、初めてこの町に来たときに挨拶《あいさつ》をした男性がいる。わたしはくまゆるとくまきゅうを送還して、

町の入り口に向かう。

「クマのお嬢ちゃん！　戻ってきたのか！」

門番の男性が嬉しそうに駆け寄ってくる。

「俺がいないときに出ていったことを聞いてお礼が言えなくて心残りだったぞ」

そう言えば、町を出るときは違う人だった。

「改めて礼を言わせてくれ。町を救ってくれてありがとうな」

正面から言われると、なにか気恥ずかしくなってくる。

「お礼はたくさんの人にもらったからいいよ。それにお米ももらったし」

お米のお礼が一番嬉しい。

言葉より、物欲だと思うと、我ながらあれだけど。

「そうらしいな。俺も家にあった米を持っていったんだぞ。もっとも、少なかったけどな」

「そうなの？　ありがとね。大事に食べるよ」

わたしがそう言うと男性は嬉しそうにする。

「話しているところを悪いが、そろそろ、中に通してもらってもいいか？」

クリフがわたしたちのやり取りに入ってくる。

「悪い。２人とも嬢ちゃんの知り合いか」

「ああ、そうだ」

「一応、確認のため、カードをいいか」

男性は職務に戻り、2人にカードの提示を求めた。

クリフとミレーヌさんは素直にカードを差し出す。

そのカードに目を通す男性。その表情が徐々に変わっていく。

「……伯爵様とギルドマスター」

男性はゆっくりと2人にカードを返し、頭を下げる。

「申し訳ありませんでした。中にお入りください」

「気にしなくていい。そんなに畏《かしこ》まることはない」

「そうよ。こんな男に頭を下げる必要はないわ」

ミレーヌさんは自分は関係ないように言っているけど、ギルドマスターにも驚かれていたよね。

わたしたちは町の中に入るが、日が暮れて暗くなってきている。流石《さすが》に今日は話し合いは無理だろう。

「遅いけど、どうする？　宿屋に行くなら案内するけど」

「いや、先に冒険者ギルドのギルマスに会っておきたいな」

「そうね。町長がいないなら、町を纏《まと》めている3人のお爺《じい》さんに挨拶はするべきだけど。もう、時間も遅いわ。先に事情を知っているギルドマスターに話を通しておくほうがいいわ」

2人の考えが一致したので、このまま冒険者ギルドに向かうことになった。

ギルドに向かう途中で、わたしに気づいた住人たちは挨拶をしてくれる。

ほとんどの人は感謝の言葉をかけてくれる。でも、なかには黙って出ていったことを怒る人もいる。

「ユナちゃん、人気者ね」

「そりゃ、クラーケンを倒したんだから人気者にもなるだろう」

「でも、それだけじゃないでしょう。たぶん、ユナちゃんの可愛《かわい》らしい格好も人気の一つね」

わたしの格好って、クマ？

クマの着ぐるみで人気が出ても嬉しくないんだけど。

そのうち、リボンが本体とか、メガネが本体とかと同様で、クマの着ぐるみが本体とか言われないか心配だ。

今後クマの着ぐるみを着ないで町を歩くことがあって、住人全員からスルーされたら、間違いなく落ち込む自分が想像できる。

そんなことを考える自分に気づいて苦笑する。

声をかけられれば、面倒だと思い、声をかけてもらえなければ寂しくなるって。ぼっちだったころの後遺症かな。

とりあえず、わたし＝クマの着ぐるみ、でないことを祈ろう。きっと違うはずだから。

わたしたちが冒険者ギルドに到着すると、後片付けをしている職員の姿がある。冒険者の姿は見えない。冒険者は商業ギルドに加担して牢屋《ろうや》に入れられている者、または、後ろめたさのためか、町を出ていった者も多くいると聞いている。

ギルドの中に入ったわたしに、一人の職員が気づく。

「ユナさん」

その言葉にその場にいる全員が反応する。

「アトラさんいる？」

「はい、います。すぐに呼んできます」

職員は小走りで奥の部屋に向かう。

奥の部屋でドアが大きな音を立てたと思ったら、アトラさんがやってきた。

相変わらずの胸を強調した服を着ている。

「ユナ！　もう、戻ってきたの？」

「アトラさん、ただいま」

「それで、どうだった？　クリモニアの領主様はなんて言っていた？」

クリフとミレーヌさんに気づいていないのか尋ねてくる。

「アトラさん、落ち着いて。説明をするから」

「ああ、ごめんなさいね。うん、その2人は？」

クリフとミレーヌさんに気づいたらしい。

「こっちの男性がクリモニアの領主のクリフ・フォ……フォ……なんちゃらの名前の貴族」

わたしがそのように紹介すると、頭を軽く小突かれる。

「おまえな、人の名前も覚えていないのか。他の貴族の紹介でそんなことを言ったら、ただじゃすまないぞ。俺だからいいが」

「ならいいじゃん」

それにクリフの名前が長いんだもん。フルネームで覚えられないよ。

まして、一度も呼んだことないし。

「おまえな……」

クリフは呆《あき》れ顔をしてため息をつく。そして、クリフはアトラさんのほうを見る。

「クリモニアの街で領主をしている、クリフ・フォシュローゼだ。先ほど到着して、遅いと思ったが挨拶だけはと思って、寄らせてもらった」

クリフは礼儀正しく自己紹介をする。

「クリモニアの領主様……」

ボーッとクリフを見ているアトラさん。

クリフにはちゃんとエレローラさんって美人な奥さんがいるからダメだよ。

「それで、こっちの女性がクリモニアの街で、商業ギルドのギルドマスターをしているミレーヌさん」

「商業ギルドのギルドマスター……」

次にミレーヌさんを紹介すると、アトラさんはミレーヌさんのことを驚いた表情で見ている。

「わたしはクリモニアの街の商業ギルドのギルドマスターをさせてもらっているミレーヌ。今回は商業ギルドが迷惑をかけたみたいでごめんなさいね」

ミレーヌさんが挨拶をするとアトラさんが我に返る。

「わ、わたしは、この町の冒険者ギルドのギルドマスターをさせてもらっているアトラといいます。遠いところからお越しくださってありがとうございます」

「遠いか？」

「遠くから？」

2人は何か言いたそうにする。そんな2人を見てアトラさんは首を傾《かし》げる。

「まさか、領主様と商業ギルドのギルドマスターが来てくれるとは思いもしませんでした」

「まあ、手紙の内容が内容だったからな。他の者には任せられなかった。先触れもなしでいきなり訪問したことを謝罪する」

「いえ、来ていただいて感謝をすることはあっても、迷惑とは思いません」

「そう言ってもらえると助かる」

「それで、クリフ様がおっしゃった通り、今から集まるにしても遅いので、詳しい話は明日にしたいのですが、よろしいでしょうか？」

アトラさんが申し訳なさそうに言うが、クリフも分かっているので、気にした様子はない。

「ああ、もちろんだ」

「それで、今日泊まる場所なのですが」

アトラさんは言いにくそうにする。

「本来なら、この町の町長の屋敷に泊まっていただくのですが。現在、町長がいなく……、おもてなしができる状態ではなく……」

アトラさんの声がだんだんと小さくなっていく。

「そんなことは気にしないでいい。我々が連絡をせずに来たせいだ。宿屋で十分だ」

再度、頭を下げるアトラさん。

「ありがとうございます。明日、職員を宿屋に迎えに行かせますので、今日はゆっくりお休みになってください。もちろん、宿泊費はこちらが負担させていただきます」

「ああ、ありがたく休ませてもらう」

「それで、ユナ。宿屋はデーガのところに行くのよね」

「うん、戻ってきたことも報告をしたいしね」

アンズの件もある。それに他の宿屋を知らない。

「それにしても、アトラさん。しゃべり方、変じゃない？」

「ユナ！　この方を誰だと思っているの？」

アトラさんがチラッと、クリフに視線を向ける。

「クリフ？　……クリモニアの領主？」

それ以外に思いつかない。

「それだけ分かっているなら十分でしょう。それに、クリフ様を呼び捨てで呼んでいいの？」

そういえば、いつのまにかクリフはわたしの中では呼び捨てになっていた。う～ん、いつごろからかな？

初めて会ったときからそうだったような気もするけど、決定的になったのが孤児院の話を聞いたときだったかもしれない。

「えっと、クリフ様？」

「やめろ！　気持ち悪い」

「ひどい」

「でも、言っておくが、これが貴族に対する普通の態度だ。おまえが変なんだぞ。まあ、俺もそんなに畏《かしこ》まられても困る。だからといってみんながユナみたいじゃ困るが、普通に接してもらえると助かる」

「はい、善処します。それで、お供の方は何人いるのでしょうか？」

「いないぞ」

「…………」

アトラさんの目が点になる。

今さら感があるけど。普通、貴族なら護衛をつけるよね。

「ユナがいるから、護衛は連れてきていない」

もしかして、信用されている？

「本当ですか？」

「ああ、ここまでユナのクマで来たしな。手紙で読んだ限り、急いだほうがいいと思って最速で来たつもりだ」

「あ、ありがとうございます」

アトラさんが感動している。そんなキャラだっけ？

さっきから、アトラさんらしくない言葉遣いのせいで、背中がむず痒《がゆ》くなってくるんだけど。

「それでは一応、ギルド職員から護衛を」

「アトラさん、大丈夫よ。クマ《わたし》がいるから」

「……でも」

「それじゃ、護衛はわたしが側にいないときにお願いしてもいい？」

「……分かったわ。それじゃ、今夜はお願い」

「宿屋にいる限りは、安全はクマ《わたし》が保証するから」

ぐっすり寝ていてもくまゆるとくまきゅうがいるから安全だ。

もう、遅いので話はそこまでにして、わたしたちは冒険者ギルドを出ると、数日ぶりのデーガさんの宿屋に戻ってくる。

「嬢ちゃん！　戻ったのか」

　宿屋に入ると、デーガさんが大きな体を揺らしてやってくる。

「ただいま。今日から、またしばらくお世話になるね」

「おお、何日でも泊まっていけ。それで、その2人は誰だ？」

　デーガさんはわたしの後ろにいるクリフとミレーヌさんに視線を向ける。

「ユナの友人のクリフだ。しばらく世話になる」

「ミレーヌよ」

「嬢ちゃんの知り合いなら、大歓迎だ。部屋もたくさん空いている。好きなだけ泊まっていってくれ。もちろん宿代はいらないぞ」

　どっちにしろ、宿代はアトラさんが出してくれることになっているから無料に変わりない。

「あら、そんなこと言っていいの？　悪い人間だったら、いつまでも居座るわよ」

　ミレーヌさんがデーガさんの言葉にからかうように言う。

「嬢ちゃんの知り合いがそんなことをするわけがないだろう。もし、いるとしたら、それは嬢ちゃんの名前を騙《かた》った偽者だ」

「ユナちゃん、信用されているのね」

「余所者《よそもの》は、すぐには信用しないが、嬢ちゃんだけは違う。それはこの町の住人の一致した考えだ」

なに、この信頼のされ方は。怖いんだけど。わたし、そんな大層《たいそう》なことをした？

少し考える。うん、したね。

食料の配布。盗賊の討伐。捕虜の解放。間接的に商業ギルドの粛清。クラーケンの討伐。さらにクラーケンの素材の提供。そう考えると、信用されるのは普通なのかな。

「だから、嬢ちゃんの口から友人だと聞けば、それは信用に値する」

なに、宗教の教祖みたいになっているんだけど。わたし、そんなものになるつもりはないよ。

「わたしが好きでやっただけだから、あまり気にしないでいいから。本当にお願いだから、気にしないで」

わたしは力強く言う。

ここはなにがなんでも止めなくてはいけない。

「だが……」

「お礼なら、今度、わたしのささやかなお願いを聞いてくれればいいから」

「なんだ？　そのささやかな願いって」

「まだ、内緒かな？」

「まあ、俺ができることなら、聞いてやる」

いいのかな？　そんなに安請け合いなことを言って。

娘さん、もらっていくよ。

本人の許可も半分もらっているし、あとは保護者であるデーガさんの説得だけだ。

「それじゃ、嬢ちゃんの友人たち。ご馳走を作るから、腹いっぱい食べてくれ」

デーガさんの海鮮料理がテーブルの上にのり、2人は満足気に食べていった。

部屋はそれぞれ借りて、明日に備えて今日の疲れをとる。護衛として、くまゆるとくまきゅうを召喚することを忘れない。

「クリフやミレーヌさんの部屋にも怪しい人が近づいたら教えてね」

くまゆるとくまきゅうの頭を撫《な》でてお願いをすると、小さく「くぅーん」と鳴いて返事をしてくれた。

100 クマさん、いらない子？ その1

翌朝、くまゆるとくまきゅうによって起こされる。起きたときにはくまゆるを抱きしめていた。知らないうちにくまゆるを抱きしめて寝ていたようだ。そのおかげで気持ちよく眠れたみたいだ。

でも、くまゆるを抱いて寝ていたので、少しくまきゅうが拗《す》ねている感じがする。流石《さすが》に寝ている間のことなので、拗ねられても困る。

でも、このままじゃ可哀想《かわいそう》なので、今夜はくまきゅうと一緒に寝る約束をして、くまゆるとくまきゅうを送還する。

朝食をとりに食堂に行くと、すでにクリフとミレーヌさんが食事をしている姿がある。

「2人とも早いね」

「時間は有限だ。やることがたくさんある」

「わたしも本当は寝ていたいけど、考えることがたくさんあるからね」

そう言うとミレーヌさんは小さく欠伸《あくび》をする。

「眠そうだね」

「遅くまで、いろいろと考えていたのよ」

「2人とも大変だね」

「……ユナ」

「ユナちゃん……」

「誰のせいで、こんなことになっていると」

「わたしのせいなの？」

わたしのせいじゃないよね。

「おまえさんのせいとは言わないが、少しは自分がしたことを考えろ」

納得はいかないけど、クリフが言いたいことも分かるので、反論はできない。

わたしもデーガさんに食事を頼み、椅子に座る。

「それにしてもいい町ね。朝食の前に軽く周辺を散歩したけど」

「とても、盗賊やクラーケンがいたとは思えないな」

「それは全てユナさんのおかげです」

アンズが料理を持ってきてくれる。

「ユナさんが、この町に平和を運んでくれました」

「大袈裟だよ」

「町のみんなはわたしと同じことを思っていますよ」

「ふふ、ユナちゃんはこの町の英雄ね」

そんなものにはなりたくないです。

食事を終え、しばらくすると冒険者ギルド職員のセイさんがやってきた。

「皆さん、おはようございます。ゆっくり、お休みになれたでしょうか？」

「ええ、休ませてもらったわ」

さっきまで、眠そうにしていたのに、ミレーヌさんは大人の対応をする。

「それは良かったです。それで申し訳ありませんが、冒険者ギルドにお越しいただきたいのですが、よろしいでしょうか？」

食事を終えた2人は問題がないのでセイさんの言葉を了承する。

さて、2人が話している間、わたしはなにをしてようかな？

天気もいいし、海にでも行ってこようかな。それとも、広場に行けばなにか売っているかな？

それとも、アトラさんに聞いてクマハウスの設置場所でも見てこようかな？

わたしが椅子から立ち上がらないのを見て、クリフが声をかけてくる。

「ユナ、なにをしているんだ。行くぞ」

「わたしも行くの？」

「なにを当たり前のことを言っているんだ」

呆《あき》れ顔で言われる。そんな顔で当たり前と言われても困るんだけど。

「これから話すことは町同士の話だよね」

「ああ、そうだ」

わたし、必要ないよね」

わたしが町の運営に役に立てることはない。

「なにを言っている。おまえが、話の中心人物だろ。そのおまえがいなくてどうするんだ」

あれ、いつの間にわたしが中心人物になったの？

「ミレーヌさん？」

助けを求めるようにミレーヌさんを見る。

「この中で、この町のことを知っているのはユナちゃんだけだから必要よ。相手が嘘《うそ》をつくとは思わないけど。ユナちゃんの知識は必要だから、来てもらわないと」

「交渉とは、いいところは話すが、不利益になることは話さないものだ。だが、おまえさんがいる前では相手もそんなことはしにくくなるだろう」

そうなのかな？

そんなことをする人たちには見えないけど。まあ、クリフたちは住人の性格は知らないからしかたないのかな。

わたしが必要な理由も分かったので、しかたなくついていくことにした。

冒険者ギルドに着くと、前回と同じ部屋に案内される。部屋に入ると、アトラさんと3

人のお爺《じい》さんが席に座っている。そしてもう一人、顔見知りの男性がいる。以前雪山で助けたダモンさんに〝商業ギルドのマシな職員〟と紹介されたジェレーモさんだ。

部屋に入ったわたしたちにアトラさんは椅子に座るように促してくれる。

「このたびはミリーラの町まで、お越しいただいてありがとうございます」

アトラさんが席を立ち、お礼を述べる。

「まさか、クリモニアの領主様みずからがお越しくださるとは思いませんでした」

「こいつの頼みだしな」

クリフはそう言うが、別に頼んだ記憶はない。手紙を渡して、説明をしただけだ。

まあ、暇なら行けばとは言ったけど。

「それにこいつがバカなことをして、さらに非常識なものを作って、これからのことを考えると部下には任せられん」

「それに関してはクリフに同意ね」

失礼な。わたしはクラーケンを倒し、トンネルを作っただけだ。

「それでは話を始める前に自己紹介をさせていただきます。わたしは冒険者ギルドでギルドマスターをしているアトラです。現在は町の補佐的な仕事をしています」

「もう、すでに知っていると思うが、俺はクリモニアの街の領主をしている、クリフ・フォシュローゼだ。だからといって言葉遣いなどは気にしないでくれていい。俺はそんなことは気にならないようになったからな」

だからどうして、そこでわたしのことを見るかな？

次にミレーヌさんが立ち上がり、自己紹介を始める。

「わたしはクリモニアで商業ギルドのギルドマスターをしているミレーヌ。この町の商業ギルドが不祥事を起こして、申し訳ありませんでした」

それに倣《なら》うようにお爺さんたち3人が自己紹介をする。

そして、最後に商業ギルドのジェレーモさんが挨拶をした。

「俺は……自分は商業ギルドで働いているジェレーモです。どうして、自分がここに呼ばれたのか、理由が分からないのですが？」

「おまえさんには、商業ギルドの代表として来てもらった」

「代表ですか？」

「そうだ。今後は、こちらにいるクリモニアの商業ギルドのギルドマスターのミレーヌさんの指示に従って仕事をしてもらう」

老人の一人が言う。

「どうして、自分なんでしょうか？」

「お主は商業ギルドの目を盗んで、食料に困っている家庭に魚を配っておっただろう」

「気づかれていたんですか？」

「当たり前じゃ、魚など買えるほどの財力がない家庭で、魚を焼く匂いがすれば分かる」

「だからといって俺とは限らないんじゃ」

「わしらの情報網を甘く見るな。そのぐらい調べることはできる」

「それじゃ、俺は見逃されていたんですか？」

「わしらだって、食料が金持ちだけに渡ることは心苦しかった」

ダモンさんが言っていた〝商業ギルドのマシなほう〟って意味が分かった気がする。裏でそんなことをしていたんだね。

「だから、わしらは町の住人を大切に思っているお主を、商業ギルドの代表として呼んだのじゃ」

「信用がおける誰かが、商業ギルドを纏《まと》めないといけないからな」

ジェレーモさんが渋々と納得する。

「それじゃ、これで自己紹介はいいな。時間もないし、話を進めさせてもらう」

クリフが全員の自己紹介が終わったことにして、話を進めようとする。

あれ、わたしの自己紹介は？

もしかして、わたしはいらない子？

クマだから必要ないの？

まあ、全員わたしのことは知っているから、自己紹介は必要がないかもしれないけど、部屋の全員が自己紹介をして、わたしだけしないと除《の》け者感がある。

まるで、クラスの自己紹介を端からして、最後にわたしの番と思ったら、「全員自己紹介終わったね」と言われた気分になる。そんなわたしの気持ちに関係なく、話は進む。

「手紙でも読んだが、俺の領地の一部になるってことでいいのか?」

「はい。その代わりに庇護《ひご》下に入れていただきたい。この町でなにかがあったときに助けていただきたい」

「クラーケンか」

「はい」

「初めに言っておくが、クラーケンなんて、簡単に倒せる魔物じゃないぞ。そのクマが非常識なだけだからな」

クリフがわたしに向けて指をさす。

人を指さしちゃいけないって教わらなかったのかな。

「はい、分かっております。二度と現れないと思いますが。もし、同様な魔物が現れた場合、食料等の援助を確約してほしいんです」

「食料か。おまえたちはクリモニアとこの町の距離を知って言っているのか」

「それは……」

「………」

ミリーラの町の住人側は全員が黙りこむ。ミリーラとクリモニアまでの距離を考えたのだ。

結論から言えば遠い。食料を運ぶには手間と時間がかかる。山を越えるか、大回りするしかない場合は、だ。

「冗談だ」

クリフが笑いだす。一緒にミレーヌさんも笑う。

その笑いに戸惑うアトラさんとお爺さん3人にジェレーモさん。

「クリフ様？」

アトラさんたちはクリフの笑いの意味が分からず、困った表情を浮かべる。

「食料の件は了解だ。もし、この町が食料難になったら、援助はしよう。ただし、我が街でも同様に食料難になった場合は確約はできないが、それでもいいか」

「はい、もちろんです。この町で食料難になるのは海に出られなくなったときです。クリモニアの街と同時期にはならないと思います」

「そうだな。俺もそう思う。だから、クリモニアで食料難になった場合は援助をしてもらうぞ」

「はい」

クリフから援助の話の了承が得られて、安堵《あんど》の表情を浮かべるアトラさんたち。

「でも、どうやって食料を運びましょうか？」

まあ、普通はそこが問題になるよね。

「それは大丈夫だ。このクマのおかげでな」

隣の椅子に座るわたしの頭に手を置く。

その言葉にミレーヌさんとわたし以外の全員が頭の上に「？」マークを乗せる。

「このクマがこの町のために、クリモニアに向かうトンネルを作ってくれた」

「ちょっと……」

わたしが口を挟むよりも先に別の口が開く。

「トンネルですか？」

「クリフ様……」

「…………」

アトラさんたちはクリフの言葉が信じられないという表情を浮かべる。

まあ、わたしがクリモニアに繋《つな》がるトンネルを掘ったと言っても信じられないよね。

「ユナ、本当なの？」

「……まあ、一応」

本当はアンズにクリモニアに来てもらうために掘ったんだけど。あと魚介類の流通にも必要だったし。

「ああ、俺たちはそのトンネルを通ってきた」

「その、冗談ではないのですよね」

「話を聞けば冗談にしか聞こえないだろうが、本当のことだ。早馬を使えば一日もあれば着くはずだ。さすがに馬車だとどれくらいかかるかは分からないが、そう時間はかからないはずだ」

「だから、食料の心配はしないでいいわよ」

「トンネルについては元からあったことにして広めるから、ユナが作ったということはここにいる者だけの秘密にしておいてくれ」

「どうして？」

「まあ、騒がれないためだな。もし、ユナが作ったことが知られれば、他の場所でもユナに作ってほしいと思う者が現れるかもしれない。そうなれば、ユナに迷惑がかかる。おまえたちもそれは本意じゃないだろう」

なんだかんだで、クリフはわたしのことを考えてくれているみたいだ。

「それは」

「もちろんです」

「だから、ここだけの話にしておいてくれ」

「分かりました」

アトラさんたちはクリフの提案に頷《うなず》いた。

101　クマさん、いらない子？　その2

「それじゃ、トンネルの話をする前に商業ギルドの件を話させていただくわね。あらためて、このたびはわたしどもの関係者が迷惑をかけたことを謝罪します。まず、アトラさんの手紙を読ませてもらいました。こんな酷いことはあってはならない。この件は商業ギルドで擁護《ようご》をするつもりはありません。クリモニアの街と同様に処罰をします」

「あのう、具体的には」

ジェレーモさんが、小さな声で尋ねる。

「そんなの死刑に決まっているだろ。この町は俺の領地の一部になる。その処罰が決まっていないなら、クリモニアの街と同様の罰を与えるのは当たり前だ。俺の町で人を殺し、財産を奪ったんだ。そんなやつらは死刑にする。なによりも生かしておいても役にたたない。死刑にすることで救われる心がたくさんある。なら、死んでもらったほうがいい」

クリフが言っている救われる心とは殺された人の肉親たちのことだろう。

父、母、息子、娘、祖父、祖母、親戚、親友を盗賊に身内を殺された人たちは、今でも恨んでいるはずだ。

「後日、この町の広場で処刑をする。見たい者は見に来ていい。それで、この事件のことは忘れてもらう」

「では、盗賊は」

「同様だ。商業ギルドの指示でしたことであったとしても、殺しをした者、女に暴行した者は同様に死刑。残りは鉱山で働いてもらう」

事件の首謀者や関係者たちの処罰はクリフの一言で決まる。

わたしならいくら悪人でも、無抵抗の人間を殺せといわれて、すぐに頷《うなず》くことはできない。その決断ができるクリフはやっぱり、上に立つ資格もあり、能力があると思う。クリフは凄《すご》いと思う。

「もし、処刑される奴の身内が文句を言ってきたら、俺の名を出せ!」

「分かりました。その、クリフ様。ありがとうございます」

「礼などいらん。俺の仕事だからするまでだ」

「それじゃ、次は商業ギルドの今後についてね」

その言葉でジェレーモさんに緊張が走る。

「皆さんに聞きたいのですが。そこにいらっしゃるジェレーモさんは、信用がおける人物ですか? 仕事ができる方ですか? 人柄を教えてもらえませんか?」

ミレーヌさんの質問に一瞬首を傾《かし》げるお爺さんたちだが、すぐに返答をする。

「ジェレーモは不真面目だが、仕事はする男だ」

「サボっているところは見るが、住人からは好かれているな」

「今回も裏で魚を盗んで、貧しい家庭に魚を配っていたな」

「そうね。文句を言いながらもしっかり仕事をする男ね」

ミレーヌさんはジェレーモさんの人柄を一通り聞くと、

「なら、ジェレーモさんにはこの町のギルドマスターをしてもらいます」

「俺、……自分がギルドマスターですか？」

「ええ、今回のようにギルドが不安定なときは、地元の信頼が厚い人物がギルドマスターになるべきなのよ。そうすることによって、困ったことがあれば住人が力を貸してくれるわ。わたしみたいな余所者《よそもの》がギルドマスターになっても、いい顔はされないからね」

「でも、自分にギルドマスターなんて」

「大丈夫。あなたを補佐する者は派遣させるわ。あなたはゆっくりとギルドマスターとしての勉強をしていけばいい」

「ジェレーモ、わしからも頼む。お主の行動がどれだけ、わしらの心を救ってくれたことか」

「サボりたければ部下に仕事を押しつければいいじゃろ」

「ジェレーモ、頼む」

頭を下げるお爺さんたち。

仕事はサボっちゃだめでしょう。でも、クリモニアの商業ギルドのギルドマスターもサボるからいいのかな？

わたしはチラッとミレーヌさんを見る。

「ユナちゃん、なにかしら？」

「なんでもないです」

わたしの視線を感じたミレーヌさんが疑うようにわたしを見る。わたしはクマさんフードを深く被《かぶ》り、ミレーヌさんの視線から逃《のが》れる。

「分かりました。頭を上げてください。自分でよければ引き受けます」

お爺さんたちに説得されたジェレーモさんはギルドマスターの職を引き受けることにした。

その言葉にミレーヌさんは微笑《ほほえ》む。そのミレーヌさんの笑みにジェレーモさんの顔が赤くなったのは気のせいではないはず。

「それじゃ、当面は商業ギルドの業務の指示はわたしがしますので従ってください。職員や住民の対応はジェレーモさんにお任せします」

その後、ミレーヌさんがこれからの商業ギルドについて話す。ジェレーモさんは真面目に話を聞いている。

「とりあえずはこんなところかしら、あとは商業ギルドに行ってからね」

商業ギルドの話が終わると、次にトンネルについて話し合いが始まる。

「お互いの街を行き来するため、早急にこのトンネルを使えるようにしないといけない」

「使えるようにって、通ってきたのでは？」

「あれではトンネルとしては使い物にならん。通れるだけの穴だ」

酷《ひど》い。せっかく作ったのに。でも、事実だから、なにも言い返せない。

「トンネルの中は真っ暗だから、光の魔石も設置しないといけないし、トンネルがある場所は木々に埋もれている。周辺の整地をしないと馬車も通れない」

確かに、あれじゃ馬車は通れないね。

「まあ、そのおかげで今までトンネルが発見されなかったことにすればいい。その整地をする労働力はクリモニアからも出すつもりだが、この町からも出してもらうぞ。両方の入り口を整地しないといけないからな。もちろん、賃金は払うから安心しろ。その管理はおまえがするんだぞ」

クリフはジェレーモさんを見る。

「自分ですか？」

「当たり前だろう。おまえさんが商業ギルドからの仕事として、斡旋《あっせん》するんだからな」

「わ、分かりました」

ジェレーモさん、頑張って。

「それで、光の魔石は」

「魔石についてはこっちで用意するから安心しろ。風の魔石に土の魔石も必要だからな」

その言葉にホッとするアトラさんたち。

まあ、魔石の代金を出せと言われても困るもんね。

「トンネルについての話はここまでだな。あとは一度、トンネルを見てもらったほうが話は早いと思う。できれば今日中に確認しに行きたいが」

「それでは馬車の用意をさせます」

アトラさんは部屋から出ると、セイさんを呼び馬車を手配させる。

「次に、この町の代表者を選出してくれ。今後はその者と話をしたい。もちろん、ここにいる人物でもかまわない」

「つまり、町長ってことですか」

「そうだ。トップがいないと纏《まと》まる話も纏まらない」

「分かりました。数日中には町長を決めます」

「なら、俺のほうはこんなもんだな。なにもなければトンネルの確認に向かいたいが、何かあるか？」

アトラさんたちは顔を見合わせるが、意見は出てこない。

「いきなりのことなので、後日でもよろしいでしょうか」

「構わない。それじゃ、時間もない。トンネルの確認に行くぞ」

クリフの提案に異を唱える者はいないので、トンネルに向かうことになった。

冒険者ギルドを出ると、屋根付きの馬車が2台停《と》まっている。馬車の前にはセイさんが立っている。

「クリフ様、ミレーヌさん。小さい馬車で申し訳ありませんが、用意させてもらいました」

確かに王都で見た貴族のグランさんの馬車に比べると小さい。でも、クリフは怒った様子はない。

「かまわない。気にするな」

まあ、貴族がいないこの町では、大型の馬車なんてなかったんだろう。

セイさんの案内で、みな馬車に乗り込む。馬車の中は対面式の3人がけになっている。1台目の馬車にはクリフ、ミレーヌさん、アトラさん、わたしが乗り、2台目にはお爺さんたち3人とジェレーモさんが乗る。

アトラさんが御者台に指示を出すと馬車は動きだした。

「ユナ、クリモニアの領主様を連れてきてくれてありがとうね。本当にユナには感謝の言葉しか出ないわ」

隣に座るアトラさんがわたしにお礼を言う。

「約束だからね」

「ううん、それにわたしたちのために、トンネルまで作ってくれたんでしょう」

それは……、さすがにアンズをクリモニアに連れていくために作った、とは言えない。

「ユナ、その顔はなんだ」

クリフが目ざとく、わたしの表情を読み取る。わたしはとっさにクマさんフードを下げる。

「おい！」

クリフが声をかける。

「どうやら、町のためにトンネルを作ったわけじゃないみたいだな」

「そうなの？」

「ソンナコトハナイヨ」

「嘘《うそ》だな」

「嘘ね」

クリフとミレーヌさんから突っ込みが入る。

「本当のことを言え」

「…………」

「ユナ……」

アトラさんまでが疑いの眼差《まなざ》しでわたしを見ている。

わたしはしかたなく、本当のことを話す。クリモニアへの魚介類の流通経路を確保するため。そして、アンズをクリモニアに呼ぶためにトンネルを作ったことを話した。

「…………」

「…………」

「…………」

「信じられないわ」

「料理人を一人呼ぶためだけに」

「それだけじゃないよ。クリモニアに魚介類が流通するといいなと思ったからだよ。それにアトラさんやクロ爺さんはクリモニアと交流を持ちたかったみたいだし、だからトンネルがあったほうがいいと思ったのは本当だよ」

わたしは一生懸命に説明するが、呆《あき》れられたような視線が向けられた。

「このことはクロ爺たちには話さないほうがいいわね」

「そうだな」

「夢は壊さないほうがいいわね」

3人の意見が一致する。

おかしい。わたしがトンネルを作ったことは本当なのに、感謝度が下がったような気がする。

102 クマさん、トンネルを見に行く

馬車はガタガタと揺れながらゆっくりと進み、目的のトンネルの近くまでやってくる。

クリフが馬車を停めるように言い。全員が降りる。

クリフはわたしと違って、ちゃんと道を覚えていたみたいだ。だからといって、わたしが方向音痴ってわけじゃない。本当だよ。

「ここから、歩いていくぞ」

この先は木々があり、馬車は通れない。

馬車から降りたクリフはトンネルに向けて、先頭を歩いていく。

トンネルの場所を知っているのはわたしたち3人だけとはいえ、貴族のクリフが森の中を先頭で歩いちゃダメでしょう。

それを感じ取ったアトラさんが先頭を歩こうとするが、クリフに遮《さえぎ》られる。

「ユナがいるから、大丈夫だ」

信用してくれるのは嬉しいけど、一言欲しい。

「ユナを信用しているのですね」

「格好以外なら、あれほど信用できる者はいないからな」

褒めているのか、貶《けな》しているのか分からない発言をされると、反論が難しくなるから、やめてほしいんだけど。

でも、その期待を裏切るわけにもいかないので、探知スキルを使って、周辺の確認をする。

うん、大丈夫だね。

魔物や人の反応がないので、このままクリフを歩かせる。

そして、何事もなく、トンネルに辿《たど》り着いた。アトラさんはトンネルを見ると大きく息を吸い込む。まるで信じられないものを見るような目で見ている。

「本当にこのトンネルがクリモニアの街まで繋《つな》がっているんですか？」

アトラさんはトンネルを覗《のぞ》き込みながら尋ねる。

「正確にはクリモニアの街に向かう道に、だな」

「でも、暗いですね」

「さっきも言ったが光の魔石をつける予定だ」

「あと、鉱山と同じように空気の流れを作るために風の魔石や、トンネルの強度を強くするための土の魔石も必要なのよ」

ミレーヌさんの言葉でミリーラの町の代表者5人の顔が曇った。そのことにクリフは気づく。

「繰り返しになるが、魔石はこっちで用意するから安心しろ。この町の負担にはならない」

「いいのですか？　もっとも、我々に費用を出せと言われても、今の町にはそんなお金はありませんが」

「俺の街が全てを負担するわけじゃない。金はトンネルの通行料として回収するから大丈夫だ」

「通行料ですか？」

「このトンネルがあれば、お互いの街の流通が始まる」

クリフはチラッとわたしのほうを見る。

「誰かの話じゃないが、トンネルがあればクリモニアに魚介類を売りに行けるし、クリモニアから買いに来る者もいるだろう。それに、この町にある海を見に来る者もいる。通行量が増えれば収入も増える」

「海を見にですか？」

ミリーラの住人にとって、海を見に来る感覚がいまいち、分からないようだ。

まあ、景勝地は、地元の者にとっては当たり前のものだから、遠くから見に来る気持ちは分からないのだろう。

「この町で生まれ、長い間、育った者には分からないかもしれないが。海を見たことがない者にとっては、見られるだけでも価値がある」

「そんなものですか」

お爺さんたちは納得がいかないように首を傾《かし》げている。

「おまえたちはクリモニアの街を見たいと思わないか？」

「それは……確かに」

「思います」

「それと、同じことだ。だから、多くの者がこの町に来ると思ったほうがいいぞ。だが同時に、静かな町が騒がしくなるかもしれない。荒くれ者が来るかもしれない。おまえたちは、いろいろなものを手に入れる代わりに、失うものもあると思ったほうがいい。だが、おまえたちが俺を選んだことを後悔させるつもりはない。だから、おまえたちは町のために頑張れ」

「クリフ様……」

「このトンネルが完成すれば人は来る。それまでに、警備兵を増やしたり、冒険者を雇ったり、治安の強化をしろ。もちろん、俺のほうからも人や金を貸し出す。それを賄《まかな》う金が通行料と思ってくれればいい」

「本当にそんなに人が来ますか？」

「来る！　それに人が行き来してもらわないと俺が困る」

お爺さんズは信じられないような顔をしているが、わたしもクリフの考えに1票だ。なにも考えずに自分のために作ったトンネルだけど、クリフの説明で町に迷惑がかかる可能性もあることに今さらながら気づいた。

トンネルを作り、その便利さが広まれば人が使うようになる。ミリーラの町もトンネルを使えばクリモニアが一番近い街となり、お互いに人の行き来は増える。そうなれば、間違いなくトラブルは起きる。

さすが、街を管理する領主だ。わたしと違って一歩先が見えている。いや、考えているといったほうがいいかもしれない。

「とりあえず、俺とミレーヌが考えた案を言っていくぞ。できるできないは今後の話し合いで決めていく」

「はい」

アトラさんとお爺さんズは頷く。

大丈夫かな？

お爺さんズを見ていると不安になってくるんだけど。

「まず、町をこのトンネルの位置まで広げる」

「町を広げるのですか？」

「町の入り口から、ここまで大した距離じゃないからな。木々を伐採して、この付近に駐《ちゅう》屯《とん》所《じょ》を作る。そうすればトンネルと、海岸沿いの道から来る者両方を同時に警備することができる。近いのに2か所に配備するのは金と人員の無駄だからな」

「確かに、トンネルの前にも警備が必要ですね」

「魔物や盗賊に居座られても困るからな」

「それに、宿屋や馬車を停める停泊所も必要になるから、一石二鳥になる」

「宿屋ですか？」

「さっきも言ったが、人が来る。そうなれば宿屋や馬車を停める場所が必要になる。他にもこの町で商売を始める者、住む者も増え始める。そうなれば、土地があっても困ることはない。もしかすると、これでも足りないかもしれないぐらいだ」

「本当に、そんなに人が来るのですか」

お爺さん、そのセリフは何度目？

クリフの言葉が、信じられないみたいだ。

「来る！　静かな町でなくなるのは間違いないな。恨むなら、このトンネルを作った、そのクマを恨むんだな」

クリフが無関心を装っていたわたしに振る。

わたしは悪くないよ。

「でも俺は、町の未来のことを考えたら、悪いことじゃないと思うぞ」

クリフの頭の中にはクリモニアとミリーラの町の未来図ができているみたいだ。それはいい方向に進んだ未来図が描かれているんだと思う。わたしもそうなればいいと思う。

「人は進む。いいこともあれば、悪いこともある。でも、立ち止まったらそこで終わりだ。なら、進んで、いい道を選べ」

クリフの言葉にお爺さんズが頷く。

「そうですな。人は進まないといけません。老人の古い考えではいけないのでしょうな」

「どっちも、いいところも悪いところもある。それを選ぶことができるんだから、いい方向に進むようにすればいい」

さすが領主ともいうべき、いいことを言う。

「次にトンネルの通行に関してだが、馬車は2台が通れる広さがあるが、基本、一方通行にする。奇数日と偶数日で分けようと思う。大きな馬車が通ったら、トンネルを塞《ふさ》ぐことになるからな。そのへんの管理もしてもらうからな」

「はい」

「それから、トンネルに入る時間も管理させてもらう。俺たちはクマで通ったから、どれほど時間がかかったか分からないが、時間を調べて、夜にはトンネルを使えないようにする」

「トンネルの中で馬車がトラブルなどで止まってしまっていたら、どうしますか？」

「そんなの、出入り口を締め切ったあと、トンネルを通って最終確認すればいいだろう。馬を使えば、それほど時間はかからない。もし、故障やなにかトラブルが起きたことが分かれば、報告をすればいい。そのための駐屯所だ」

「確かにそうすれば大丈夫ですね」

「だが、当分先の話だ。まずはトンネルに魔石をつけないことには通れないからな。あくまで、俺が話したことは仮だと思ってくれていい。やってみると不都合が出てくるものだ。

だから、俺が言ったことは絶対じゃない。なにか無理なことや不自由なこと、矛盾点があったら、言ってくれていい。俺も知らないことはあるし、間違えることもある」

知らないこと、間違いを起こすって、自分に言い聞かせているように感じる。もしかして、孤児院のことを考えているのかな？

あのときはクリフがわたしの家まで謝罪をしに来たほどだ。

でも、間違いを間違いと認められる貴族は偉いと思う。わたしが知っている小説やマンガに出てくる貴族は横柄《おうへい》で、住民を見下す者が多かった。小説やマンガはフィクションだから、そうやって面白く書いているだけかもしれないけど。

まあ、わたしとしてはクリフのような貴族のほうが好感がもてる。

「なにか言いたそうだな」

見ていたことに気づいたクリフが少し目を吊り上げながらわたしに問いかけてくる。

「領主みたいだと思って」

「俺は領主だ！」

クリフがわたしの頭を小突く。

別にバカにしたわけじゃないのに。褒めたのにおかしい。

それから、クリフは次々と自分の考えを説明していく。そして、時折、お互いに意見を出し合い、話し合っていく。

みんなが話している間はわたしは黙って周辺の安全確認をしておく。お爺さんたちもいるから、いきなり魔物に襲われでもしたら大変だからね。

「あとの細かい話は戻ってからになるが、基本はこんな感じにするつもりだ」

やっと、クリフの話が終わる。

そして、クロ爺さんたちがわたしのところにやってくる。

「お嬢ちゃん、なにからなにまで、ありがとうな。盗賊にクラーケンの討伐。そして、クリフ様も連れてきてくれた」

「さらにクリモニアとの交流のために、このようなトンネルを作ってくれてありがとう。お嬢ちゃんにはいくら感謝してもしきれない」

「本当にありがとう」

他のお爺さんたちからもお礼を言われる。

でも、面と向かって言われるとむず痒《がゆ》いものがある。

「その、適当に作ったトンネルだから、そんなに気にしないでいいよ」

「あれで適当とか、おまえ、トンネルを作っている職人が聞いたら怒るぞ」

わたしたちの話を聞いていたクリフが突っ込みを入れてくる。

適当とは、お爺さんに余計な感謝をさせないように言っただけだ。一応、丁寧に作ったつもりだ。馬車が通れるように大きさも気にしたし、標高差も気にして、滑らかな坂道にした。あとは大型の馬車のことを考えておけば完璧《かんぺき》だったんだけど。

でも、途中から単調な作業になり、鼻歌を歌いながら作った事実もある。

「ついでに、嬢ちゃんに頼みがある。トンネルの入り口にクマの石像を作ってくれないか」

「クマの石像？」

いきなり、クマの石像を作ってくれって、意味が分からないんだけど。

「クラーケンを倒した場所にあるクマの像と同じものでいい。このトンネルを作った者に感謝を忘れないためじゃ。わしらもいつまでも生きられるわけではない。これから先、今回のことを町の住人は忘れてはならない。だから、クマの石像を作ってくれないか」

えっ、それって未来永劫《みらいえいごう》伝えるために、自分《クマ》の石像を自分で作れってこと。

なに、その羞恥《しゅうち》プレイ。

「そうだな。それはいい考えだな」

クリフがニコニコ笑いながら、お爺さんの言葉に頷いている。絶対に面白がってるよね。

「それじゃ、反対側の入り口にもユナを頼む。おっと、違った。クマを頼む」

同じように聞こえるのは気のせいかな。

「冗談だよね」

お爺さんズは真面目な顔をしている。どうやら、本気みたいだ。

「あと、トンネルにも名前が必要だろう。俺がこの場で名前をつけてやる」

クリフがニヤリと笑う。

嫌な予感しかしない。

「ベアートンネルでどうだ」

開いた口が塞《ふさ》がらないとは、このことを言うのだろう。もしかして、初めて経験したかもしれない。

「…………」

「いい名前じゃ」

「素晴らしい」

「嬢ちゃんに感謝をしながら通るのじゃな」

「代々受け継がれていく」

「それなら、町の住人も未来永劫忘れない」

クリフの命名した名前にお爺さんズは賛同の意思を示した。

「やめて――――！」

わたしは叫ぶ。

「諦《あきら》めろ、この手のものは発見者の名前がつけられるものだ。ユナトンネルよりはいいだろう」

わたしは違う名前を提案するが、受け入れられることはなかった。

そして、自分で自分の半身である、クマの石像をトンネルの入り口に作ることになった。

なに、この羞恥プレイ。

もう、恥ずかしくてお嫁に行けない。行くつもりはないけど。

ただ、絶対にわたしがトンネルを作ったことだけは、広めない約束をさせた。

103 クマさん、商業ギルドに行く

わたしは恥辱《ちじょく》に耐えながら、トンネルの前に立つ。

クリフのにやけた顔を見ると嫌がらせの1つもしたくなる。わたしの脳裏に1つのアイディアが浮かぶ。

わたしは魔力を込めると、クマの石像を作りあげる。できあがったのはリアルクマが「ガオー」って感じで人を襲っているような石像だ。わたしが満足感に浸っていると、頭を叩《たた》かれる。

「痛い」

痛くないけど。

「なにを作っているんだ」

「言われた通りのクマだけど」

「なんでこんな禍々《まがまが》しい、怖いクマを作るんだ」

「嫌がらせ？」

また、頭を叩かれる。痛くないけど、人の頭を何度も叩かないでほしい。

「それじゃ、どんなクマにすればいいのよ。わたしの石像は却下だよ」

頭を擦《さす》りながら尋ねる。

「そんなのおまえさんの店にあるようなクマでいいだろう。あれなら愛嬌《あいきょう》があって、万人受けするだろう」

どうやら、クリフもねんどろいど風の2頭身のクマは可愛《かわい》いと思っているらしい。

クリモニアでも、ねんどろいど風のクマはかなり好評だ。たまに、お店に来た子供たちが嬉しそうに抱き締めている姿などを見かけることがある。

「それなら、お店のクマみたいになにか持たせたいわね」

ミレーヌさんまでが会話に参加してくる。ちなみにお店の前に立っているクマはパン屋さんだから、パンを持っている。

「それなら、剣でいいんじゃないか。トンネルの守護役みたいで」

「それはいいわね」

作る本人を抜きにして、勝手に話が進んでいく。お爺《じい》さんズやアトラさんはわたしのお店のことは知らないから、蚊帳《かや》の外で黙って聞いている。

「でも、それなら盾も必要じゃない？」

「邪魔じゃないか？」

いろいろとクリフとミレーヌさんが話し合った結果。

お店にあるような可愛いクマに剣を持たせることになった。ちなみに盾は、わたしがクマの姿が見えなくなるほど大きく作ったら、再度、頭を叩かれた。

おかしい。いいアイディアと思ったのに。守護神なら大きな盾も必要でしょう。

結局、トンネルの入り口には剣を持ったねんどろいど風のクマの石像が立つことになった。盾はクマの体が隠れるため却下された。

「なにか、可愛《かわい》らしいクマね」

「……そうじゃな」

アトラさん、お爺さんズがクマの石像を見て、微妙な表情になっている。

「なんだ。気に食わないか？」

「いえ、そんなことはないですが、あまりにも、可愛らしいクマだったもので。でも、先ほどの怖いクマよりはいいと思います」

アトラさんがクリフの言葉に首を横に振り、お爺さんたちも同意する。とくに反対意見も出なかったので、このまま、剣を持ったねんどろいど風のクマがトンネルのミリーラ側の入り口の横に立つことになった。

これからトンネルを通るたびにクマの姿を見ると思うと、気が重くなってくる。

なんでこんなことになったかな。

トンネルの視察も終わり、クマの石像を作り終えたわたしたちは町に戻ることになった。

「クリフ、これからどうする？　わたしは商業ギルドに行きたいんだけど」

ミレーヌさんがクリフに尋ねる。

「そうだな。商業ギルドにも手伝ってもらうことはたくさんある。それなら、俺も一度は顔を出したほうがいいな」

「そうしてもらえると助かるわ。説明するにしてもクリモニアの領主がいるといないとでは影響力が違ってくるからね」

「わたしは……」

もう、わたしができることはないので、自由行動をさせてもらおう。

「もちろん、おまえさんも行くに決まっているだろう」

……というわたしの考えは却下される。クリフに、当たり前のようについてくるように言われた。

「俺よりもおまえさんの存在のほうが影響力が大きいんだからな」

大袈裟な。領主よりも影響力が大きいクマなんているわけがない。

「そうね。今までの様子を見ると、ユナちゃんの影響力は大きいわね」

ミレーヌさんまでそんなことを言いだす。領主がいれば大丈夫だよ。

「商業ギルドも、ユナがいれば簡単に話を受け入れてくれると思います」

クリフの言葉をアトラさんまでもが肯定する。

わたし、そんな影響力持っていないよ、と叫びたい。

「それでは馬車は商業ギルドに向かわせます」

アトラさんは御者に商業ギルドに向かうように伝える。

結局わたしも商業ギルドに行くことになった。馬車には行きと同じメンバーが乗り込んでいる。

「そういえば、アトラさん。土地の件どうなってる？」

ここであった出来事は忘れることにして、話を変えることにした。アトラさんにはクマハウスを建てる土地探しをお願いしてある。せっかく海の町に家を建てるなら、見晴らしのいい場所がいい。

「いくつか候補を見つけたから、好きな場所を選んでもらおうかと思っているわよ」

「そのことなんだけど、さっきクリフが言っていた、トンネルと町の間に家を作りたいと思うんだけどいい？」

少し奥のほうに建てれば、目立たないかもしれない。

「それはいいけど。自分で家を作るの？　ユナ……だったらできるのかしら？」

クマの石像を見たアトラさんは半分納得した表情をする。

「こいつの非常識に真面目につき合うと疲れるぞ。俺の街にも一日ほどでクマの家ができて、騒ぎになったくらいだからな」

そんなこともあったね。もう、昔のように感じるけど、まだ数か月前のことなんだよね。

「クマの家？」

「こいつが作る家はみんなクマの家なんだよ。ちなみに王都にある家もクマだぞ」

「なんでクリフが王都の家のことまで知っているの？」

「そんなの、見たからに決まっているだろう。エレローラが笑っていたぞ」

そうだった。クリフも王都に来ているから、知っているんだ。しかも、旅用のクマハウスのことも知っている。なら、開き直るしかない。

「クリフ」

「なんだ」

「家を建てる場所だけど、どこでも大丈夫？　なにか構想があれば聞くけど」

「とくにない。さっきの話は一例だ。なにをどこに建てるかは決めていない。道さえ塞《ふさ》がなければ、おまえさんの好きな場所に建てていい」

最終確認でアトラさんのほうを見る。

「ええ、いいわよ。クロ爺たちにはわたしから言っておくから」

クリフとアトラさんの許可をもらうこともできたので、好きな場所にクマハウスを建てられることになった。

わたしはさっそく、馬車の窓から外を見て、どこにクマハウスを建てるか考える。あのあたりがいいかな？　それともこっちがいいかな？

候補をいくつか頭に登録して、イメージしてみる。あっちは、トンネルに近いけど、町から遠い。あっちは町から近いけど、トンネルから遠い。

それなら、あのあたりがいいかな？　砂浜からも近いし。クマハウスを建てる場所を考えていると、馬車は商業ギルドの前に到着する。

もう着いたんだ。

馬車から降りると、ジェレーモさんとお爺さんズも馬車から降りてくる。

アトラさんを先頭にクリフ、ミレーヌさん、わたしと続き、お爺さんズ、ジェレーモさんと商業ギルドに入る。

「アトラさん？　それに皆さんも、どうかしたんですか？」

職員たちはアトラさんとお爺さんズの登場に驚いている。

「全員いるかしら」

「えっと、数人、出ている者もいます」

アトラさんの質問に職員は周りを確認すると答える。

「そう、なら、今いる人たちだけでいいから、話を聞いてもらえるかしら。いない人には、戻ってきたら後で伝えておいて」

アトラさんはそう職員たちに言うと、仕事を止めて、話を聞くように言う。

「みんなも知っていると思うけど、前のギルドマスターがあんなことになってしまったわ。新しいギルドマスターが早急に必要になる。それで、ジェレーモにギルドマスターになってもらうことになったから」

「ジェレーモさんがですか？」

職員がジェレーモさんに視線を向ける。ジェレーモさんはいたたまれない表情をする。

「勝手に決めて悪いと思うけど、決めさせてもらったわ」

「いえ、アトラさんやクロ爺さんたちが決めたことなら、反対することはありませんが」

一人の職員の言葉に他の職員も頷いている。

「でも、勝手にギルドマスターを決めていいのでしょうか？　商業ギルド本部に確認する必要が」

「それはわたしが報告するから大丈夫」

ミレーヌさんが一歩前に出て答える。

「えっと、あなたは？」

「わたしはクリモニアで商業ギルドのギルドマスターをしているミレーヌ。アトラさんやお爺さんたちの話を聞いて、彼に、この町のギルドマスターになってもらうことにしたわ。でも、あくまで仮だから、不適切と思ったら、辞めてもらうつもり」

職員たちはクリモニアのギルドマスターのミレーヌさんの登場に驚いている。

まあ、いきなり、現れたら驚くよね。

「それから、この町はクリモニアの領主、フォシュローゼ家の管理下に入ることになるから、心に留めておいてね」

アトラさんの側にいたクリフがクリモニアの領主だと知ると、職員はさらに驚きの表情を受かべる。

「でも、クリモニアとは離れていると思うんですが」

「それなら、大丈夫よ」

クリモニアに繋《つな》がるトンネルがわたしによって発見されたこと、それを活用できるようにして、クリモニアと行き来できるようにする計画を説明する。

職員たちの表情は混乱しているように見える。

いきなり、新しいギルドマスターがジェレーモさんになり、クリモニアの商業ギルドのギルドマスターと領主であるクリフが登場。さらにクリモニアに繋がるトンネルの発見。そして、今後の町についての説明。商業ギルドの役目などが話されていく。

職員たちは、現状把握で一杯みたいだ。

そんな様子をわたしは隅のほうでちょこんと椅子に座って聞いている。

わたしって必要なのかな？

結局、商業ギルドに来たはいいけど。「ユナちゃんに頼まれてきた」「このクマに頼まれた」とミレーヌさんとクリフに言われたぐらいで、一言も喋《しゃべ》っていない。

そんなわたしのところに、ジェレーモさんがため息をついてやってくる。

「それにしても、クリフ様やミレーヌさんは凄《すご》いな」

クリフやミレーヌさんは今後について的確な指示を出している。

「一緒に聞かないでいいの？」

「俺がやることは聞いた。嬢ちゃんこそ、こんな隅っこにいていいのか？」

「わたしこそ、なにもやることがないよ」

「でも、嬢ちゃんはクリフ様やミレーヌさんに信用されているんだな」

そうなるのかな？

「まあ、2人とはいろいろとあったからね」

クリフとは孤児院の件に始まり、卵を販売しないようにしたり。誤解が解けたあとはノアの護衛を引き受けて王都に行ったりした。さらにクリフを守るために魔物1万討伐とかもやった。

ミレーヌさんにも、コケッコウの卵の件や、モリンさんのお店を開くときにお世話になっている。

それに2人とも、わたしがタイガーウルフやブラックバイパーを討伐したことも知っている。

お世話になったり、助けたりした。短い間だったけど、いろいろとあった。

引きこもりじゃ、絶対にできなかった縁だね。

やがてクリフとミレーヌさんの説明も終わり、宿屋に帰ることになる。

「わたしが同席した意味あったのかな」と呟《つぶや》いたら、両方の陣営から「必要だ」と言われた。

お互いに性格もどのような人物かも分からない状況では、わたしの存在は双方に必要だったらしい。

クリフからは「おまえさんがこの場にいるから相手も信用してくれるんだ」と言われ、お爺さんズにも「嬢ちゃんが信用しているようだったから、わしらもクリフ様を信用しようと思った」と言われた。

商業ギルドの職員も、町を救ってくれた人の知り合いなら信用できると言う。

これって、責任重大じゃない？

片方が裏切るようなことをすれば、わたしの責任問題になったりしない？

おかしい。こんなことになるはずじゃなかったのに。

わたしの心を知る者は誰もいない。

104　クマさん、海の町にクマハウスを建てる

商業ギルドでの話も終わり、説明を受けたギルド職員たちは、概《おおむ》ね好意的に受け入れてくれた。いきなり、クリモニアの領地の一部になれば、文句の一つも出るかと思ったけど、そんなことはなかった。突然のことで頭がついていってないだけかもしれないけど。

今日の仕事も終わり、宿屋に戻ってくる。

なにもしていないけど、疲れる一日だった。

「ユナさん、疲れていますね」

アンズが料理を運んできてくれる。

クリフとミレーヌさんは冒険者ギルドに寄ってから帰るそうなので、わたし一人しかいない。

「嫌なことがあったからね」

トンネルにクマの石像を作らされた。

「そういえば、わたしとの約束を覚えている？」

「約束ですか？」

　アンズは首を小さく傾げる。覚えていないみたいだ。

「クリモニアに来て、わたしのお店の料理人になってくれるって話だよ」

　そのためにトンネルを作って、恥辱《ちじょく》に耐えてクマの石像まで作ったんだよ。

「本気だったんですか？」

「本気だよ。お店はアンズの好きなようにしていいから、来てほしいんだけど。もちろん、お給金も払うよ」

「でも、住む場所とか」

「それじゃ、住む場所があればいいんだよね」

「でも、わたしが行っても、お魚が手に入らないと料理は」

「それじゃ、クリモニアでもお魚が手に入ればいいんだね」

「でも、お父さんやお母さんにも会いたいかな」

「それじゃ、すぐに家に帰ってこられるようにすればいいんだよね」

　わたしはアンズを見つめる。

「本当に、本気なんですか？」

「本気と書いてマジだよ」

「言っている意味が分かりません」

　ですよね〜。

「なにを話しているんだ？」

　２人で会話をしているとデーガさんがやってきた。

「アンズに結婚の申し込みをしていたんだよ」

「なんだと！」

「ユナさん、冗談はやめてください」

「なんだ。冗談なのか」

「結婚は冗談なんだけど、アンズにクリモニアに来てもらえないか、話していたんだ」

「クリモニアに？」

「アンズが将来、自分のお店が持ちたいって言っていたから。わたしがお金を出すから、お店を出してほしいってお願いをしていたんだよ」

「そうなのか？」

　デーガさんが確認するようにアンズを見る。

「ユナさんの冗談だよ」

「わたしは本気だよ」

「だが、アンズを連れていっても、魚介類が手に入らなければ意味がないぞ」

「分かっているよ。同じことをアンズにも言われたからね。だから、新鮮な魚介類がクリモニアに届けられることになって、いつでもこの町に帰ってこられるようになれば、アンズはクリモニアに来てくれるって約束をしてくれてたんだよ」

「アンズ本当か」

「ほ、本当だけど。そんなの無理だよ」

「もし、本当にそれができるようになったら、デーガさん、アンズがクリモニアに来ることを許してくれますか？」

「アンズが嬢ちゃんのところに行きたいって言えば、そのときは許してやるよ」

「約束だよ」

「2人とも勝手に決めないでよ！」

アンズが叫ぶが、デーガさんから言質《げんち》を取ることができた。あとはクリフがトンネルを完成させてくれればアンズを迎え入れることができる。


翌日、くまゆるとくまきゅうに起こされる。昨日の夜はくまきゅうを抱いて寝たので、くまきゅうも機嫌がいい。わたしはくまゆるとくまきゅうを送還すると、一人で朝食をとる。

クリフとミレーヌさんはすでに出かけたらしい。

今日は自由にしていいと言われているので、家を建てるつもりだ。

このまま話が進めば、トンネルから町までの間の土地開発が始まる。そうなれば、家を建てるいい場所もなくなるかもしれない。せっかく、好きな場所に家を建てる許可をもらったのだから、一番いい場所を確保したい。

そう決めたわたしは、昨日、目星をつけた場所に向かうことにした。

「確か、あの辺りだよね」

くまゆるに乗りながら、周辺を確認する。

目の前には綺麗《きれい》な海と、砂浜が見える。少し斜面にもなっているので、上に建てれば眺めもいいはず。バルコニーや屋上にパラソルを立てて、のんびりと昼寝をするのもいいかもしれない。夜になれば星空もよく見えるだろうし。海を眺めるには最適な場所だ。

ただ、ここだと目立つよね。

でも、ここ以外にいい場所は見当たらない。今回は隠すように建てるわけじゃないし、ここでいいかな？

クマハウスの大きさはクリモニアにあるクマハウスよりも大きめに作る予定だ。

その理由は孤児院の子供たちや院長先生やリズさんはもちろん、モリンさんやカリンさんたちも海に連れてきたいと思っているからだ。いわゆる、社員旅行だ。

泊まるところはデーガさんの宿屋でもいいんだけど。クリフやミレーヌさんの話だと、人が増えて混むことになりそうだ。予約をしてもいいんだけど、子供たちが迷惑をかけるかもしれない。

だから、孤児院の子供たちが泊まれるクマハウスを作ろうと思っている。

それで孤児院の子供の人数って何人だったかな？

確か、女の子のほうが多いんだよね。

先日、孤児院を建て直したときに院長先生に確認したときは男の子が12人で、女の子が15人の27人だった。初めて孤児院に訪れたときは23人だった。それから、4人増えていることになる。

今さらだけど、院長先生とリズさんの2人で、幼児を含む27人の子供の面倒を見るのは大変だと思う。まして、リズさんにはコケッコウの管理もお願いしている。さらに院長先生のことだから、孤児が現れれば引き取る可能性がある。

う～ん、今度、院長先生に話を聞いて人手を増やさないとダメかな。2人が倒れたら大変なことになるし。

まあ、孤児院のことは帰ってから考えることにする。

今は子供たちを泊められるクマハウスを作ることに専念する。

クマハウスを建てるには整地をしなければならない。今回は大きめのクマハウスを作る予定だ。そうなると魔力をどれだけ使うか分からない。なので、まず初めにやることは決まっている。即席の着替えボックスを土魔法で作り、白クマに着替えることだ。魔法だけを使うのなら、白クマを着ていたほうが疲労感が少ないのは、トンネルを作るときに確認済みだ。

さっそく白クマに着替えたわたしは、目の前の木々を伐採して整地する作業を行う。

風魔法で木々を切り倒し、土魔法で根っこを取り除いていく。木材は枝を切り落としてクマボックスの中にしまっていく。

ちょっとした広さが整地される。クマハウスを建てるには十分な広さができた。

「少し、広かったかな？」

クマハウスを建てるだけなら広すぎるけど、倉庫を作ったりすれば、ちょうどよい広さだ。

次に、整地した場所に少し土を盛って高台を作る。丘の上にクマハウスが建つ感じにしたい。

土台になる場所を土魔法で作り、先ほど整地したときに手に入れた木材を風魔法で加工する。加工した木材はくまゆると、くまきゅうに運んでもらい、柱を立てる。

固定方法は土魔法で行う。流石《さすが》に大工さんの技術までは持っていないからね。

わたしが家を作る方法は基本、イメージ任せだ。まずは外観であるクマをイメージする。

外観をクマにする理由は、強度が増すため。魔物や盗賊が襲ってきても安心設計だ。

クリモニアや旅用のクマハウスは座っているクマだが、今回は4階建てにするので、立っているクマにした。そして、男女別々の部屋にするため、クマハウスを2つ作る。

イメージ的には、立っている大きなクマが2つくっつくように並んでいる感じになる。

右のクマが女性用、左のクマが男性用。

1階は2つのクマの部屋を繋げ、食堂とキッチンを作る。

そして、中央に階段を作り、2階に上がる。2階はそれぞれ大部屋を作る。右を女の子たちの部屋、左を男の子たちの部屋にする。

あとは布団を用意して雑魚寝《ざこね》すれば、多少、子供が増えても大丈夫な広さにした。院長先生なら、孤児を見つければ、絶対に保護するからね。

次に3階を作る。3階はわたしの部屋、及び、お客様用の部屋になる。お客様用といっても、使うのは院長先生とかリズさんや、ティルミナさんになると思う。あとの部屋は子供が増えたとき用の予備の部屋。

自分の部屋の隣に小さな部屋を作ることも忘れない。この部屋にクマの転移門を設置するためだ。

ある程度の間取りが完成したところで、4階に上がり、風呂場を作る。もちろん、左右で男性用と女性用に分ける。

窓もあるので、風呂に入りながら外の景色を見ることができる設計だ。

部屋がある程度完成したとき、お腹《なか》が小さく鳴る。もちろん、誰のお腹の音？　とか聞いたりはしない。ここにはわたししかいないんだから。ちょうどいいのでお昼にする。

デーガさんのところに戻ってもいいんだけど、面倒なので、クマボックスに入れてあるモリンさんが作ったパンを食べる。

うん、できたてのようにフカフカして美味《お》しい。

わたしが3階から風景を見ながらパンを食べていると、人がやってくる姿が見えた。

あれはミレーヌさん？

わたしは3階から飛び降りて、ショートカットする。

「ユ、ユナちゃん？　驚かせないでよ」

上から現れたわたしにミレーヌさんは驚く。

「ミレーヌさん、どうしたの？」

「ギルド職員を連れてトンネルに行っていたのよ。そしたら、クマの家が見えたから、様子を見に来たんだけど」

ミレーヌさんはクマハウスを見上げる。

「大きいわね」

「今度、孤児院の子供たちも連れてきてあげたいと思っているから、少し大きくしたんだよ」

「見てもいい？」

「まだ、外観と部屋割りしかできてないよ」

「普通はそんなに早くできないわよ」

ミレーヌさんをクマハウスの中に案内をする。

「家具はどうするの？」

「クリモニアに戻ったら買う予定だよ。布団も買わないといけないし」

「ふふ、それなら商業ギルドで手配するわよ」

「自分で買いに行くから大丈夫だよ。それにミレーヌさんは忙しいんでしょう」

ミレーヌさんは忙しくなる。わたしのクマハウスの家具を手配している暇なんてない。

「うう、人が現実逃避をしているのに。クリモニアに戻ったら、やることが多くて大変よ」

「頑張ってください」

「他人事《ひとごと》だと思って」

他人事ですよ。わたしはすでに頑張っている。クラーケンを討伐したり、盗賊を討伐したり、トンネルを掘ったり、クマの石像を作ったりした。これを普通の人がやろうものなら、大変なことだ。

わたしがそのことを言うと。

「分かっているわ。これはわたしとクリフの仕事。でも、ラーロックには手伝ってもらわないといけないわね」

「ラーロック？」

どこかで聞いたことがあるような。

「あら、知らない？　クリモニアの冒険者ギルドのギルマスの名前よ」

ああ、そういえば、王都の冒険者ギルドのギルマス、サーニャさんから聞いたっけ。一度しか聞いていないし、ギルマスのことは名前で呼ばないから忘れていた。

「まずは、周辺の魔物の討伐をしてもらわないといけないからね。それから、職人を連れてきて木を伐採したり、道を作ったり、トンネルの前には駐屯所《ちゅうとんじょ》を作ったり。ああ、やることがいっぱいあるわ」

本当に大変そうだ。

「でも、ユナちゃんの凄く可愛《かわい》らしい姿を見たら、元気になったわ」

ミレーヌさんは3階から景色を眺めていると気分が晴れたようで、お礼を言って町に帰っていった。

なんだろう。今日はミレーヌさんのわたしを見る目がいつもと違ったような気がするけど、気のせいかな？

わたしはミレーヌさんを見送ると、クマハウス作りの続きをする。

暗くなる前に魔石の設置作業をする。

魔力線を使用して光の魔石を天井に設置する。魔石の設置は手作業になるので時間がかかる。でも、魔力線と光の魔石を繋げれば、部屋に光を灯すこともできる。作業は簡単だから、誰でもできる。

各部屋の光の魔石の設置が終わると、各部屋に必要なものを設置していく。

1階は食堂及びキッチン。テーブルと椅子を購入することをメモする。キッチンに行って、石窯《いしがま》を作る。みんなでパンを作るのもいいかもしれないね。

あと、予備で買っておいた棚をクマボックスから取り出し、お皿にコップや必要なものを並べていく。もちろん、フォークやスプーンも忘れない。このあたりは前に大量購入したものがある。いつでも、クマハウスを作れるように買ってある。

それでも足りないものはあとでクリモニアで購入することにする。

次に2階に上がる。2階は大きな部屋が2つあるだけだ。必要なものは布団や枕ぐらいだ。流石《さすが》に孤児院の子供たち全員分の布団は持っていないので、クリモニアに戻ったときに購入しないといけない。

わたしは3階に上がる。

3階はわたしの部屋とお客様用の部屋が数部屋ある。

ベッドは魔法で作る。子熊のくまゆるとくまきゅうも寝るのでベッドは大きめに作る。そして、クマボックスから予備の布団を取り出す。いつ、どこでクマハウスを建ててもいいように、自分用の布団は用意してある。くまゆるとくまきゅうが一緒に寝るため、少し大きい。そうしないと、くまゆるとくまきゅうはわたしの上で寝たりする。

お客様用の部屋には、予備で買っておいたテーブルと椅子を置いていく。

3階を終えると、4階に上がる。4階はお風呂場がある。

まず男子風呂と女子風呂のそれぞれの脱衣所に着替えを置く棚を作っていく。

お風呂場での作業は、水の魔石と火の魔石を設置して、お湯の調整をするくらいだ。

あと、必要なのは風呂用の椅子と桶と、服を入れるかごぐらいかな？

でき上がってみると、小さな銭湯って感じになった。

のれんでも作ろうかな？


クマハウスの中はある程度終わったので、今度は庭を作ることにした。

必要になるか分からないけど、クマハウスの隣に魔物を解体するための倉庫兼馬小屋を作っておく。

庭の大きさをある程度決め、２mほどの塀で周りを囲う。この中がわたしの土地となる。少し広いけど、いいよね。

それから最後の仕上げに、門の上に、沖縄のシーサーのように子熊の石像を載せておく。

なんだかんだで、クマを気に入っているわたしがいる。

くまゆるもくまきゅうも好きだし、否定することじゃない。

でも、クマの着ぐるみは恥ずかしいよ。

これで、必要最小限の大きなクマハウスは完成した。外観は大きなクマが2頭並ぶ。4階建てにしたため、かなり大きくなってしまった。

通算5軒目のクマハウスだ。

1軒目はクリモニア、2軒目はコケッコウの村の近くの洞窟の中、使っていないけど。3軒目は旅用。4軒目は王都。そして、今回が5軒目だ。

クマハウスなら普通の家より強度に優れているだけでなく、わたしの魔力でできているため防犯の力もある。わたしが許可した者しかクマハウスには入れないようになっているのだ。

だから、わたしが留守にしていてもクマハウスに侵入されることはない。もっとも、入られても盗まれるものはなにもないけど。泥棒に入られでもしたら、気分が悪いからね。

3階のクマハウスの窓から外を見ると、海に太陽が沈みかけていた。もうそんなに時間が経《た》っていたんだね。お腹が空いていることにも気づく。

わたしは戸締まりをするとデーガさんの料理を食べるために急いで宿屋に戻った。

105 クマさん、帰る前にいろいろする

町に戻ってくると、入り口に立っている門番の人が不思議なものを見るような顔をしてわたしを見ている。一応ギルドカードを見せて中に入る。

いつもの人じゃなかったから、わたしを見るのは初めてだったのかな？

宿屋に向かって歩いていると、住人たちが不思議そうな顔をしてわたしのほうを見ている。声をかけてくる者は誰もいない。

なんか町の様子がおかしい。いつもなら、声をかけてくるはずなのに。なにかあったのかな？

少し、歩く速度を上げて宿屋に向かう。

宿屋に戻ってくると、クリフが食事をしているところだった。

「クリフ、町の様子が変なんだけど。なにかあった？」

わたしはクリフのところに駆け寄って尋ねる。

「ああ、あったな」

やっぱり、なにか、あったらしい。

クリフは真剣な目でわたしを見る。

「なにがあったの?」

「黒クマが白クマになった」

真面目な顔で言われた。

そこで自分の格好に気づく。

「おまえ、白いクマも持っているんだな」

「うわあああああああああ」

わたしは2階の自分の部屋に駆け込んで、黒クマに着替えた。

色が違うだけなのに、どうしても恥ずかしくなる。

たぶん、人前で着なれていないせいだと思うんだけど。なぜか、白クマだと気恥ずかしい。きっと、夜になると白クマに着替えるから、心のどこかでパジャマ扱いになっているんだと思う。だから、白クマで人前に出ると気恥ずかしいと感じるんだと思う。

黒クマも白クマも色が違うだけだから、わたしの気の持ちようなはず。

でも、すれ違った人たちの反応がおかしかった理由が分かった。わたしが白クマになっていたから、驚いて見ていたんだね。

だけどお昼に会ったミレーヌさんはなにも言わなかった。

今、思い返してみると、わたしを見る目がいつもと違ったのは白クマのせいだったかもしれない。

黒クマに着替えてクリフのところに戻るとミレーヌさんのことを尋ねる。

「クリフだけ？　ミレーヌさんはいないの？」

「まだ、戻ってきていない。それで家のほうはどうだ」

「知っていたの？」

「一度、ミレーヌに会って聞いたからな」

「ほとんど作り終わったかな。あとは内装ぐらいだけど、必要なものはクリモニアに戻ってから買い揃《そろ》えるから、もうここでの作業は終わりかな」

「言っておくが、普通、家は一日や2日でできないからな」

と、突っ込みをもらう。そんな言葉は聞き流し、デーガさんに食事を頼む。

「それで、クリフのほうはどうなの？」

「トンネルのことや、町が俺の領地の一部になったことは明日の朝に公表することになった。それと同時に、あのあたりを平地にする作業員を募集する予定だ。今日はその賃金などを決めてきた。少ないと人は集まらないし、多いと財政を圧迫するからな」

そのあたりのことは流石《さすが》にわたしには分からない。そもそも相場が分からないからしかたない。

「大丈夫なの？」

「この町からクラーケンの素材をもらい受けることになったから、そのへんは大丈夫になった」

「クラーケン？」

「おまえ、クラーケンの素材を町に寄付したそうだな」

「いらないからね」

「おまえな、クラーケンの素材がいくらで取引されると思っているんだ」

呆れたように言うが、そんなこと、わたしが知る由《よし》もない。

「クラーケンの皮は耐水に優れているから、高く売れるんだぞ。あれだけで一財産になる。他にも肉だって、高額で取引される。それをただでくれてやるなんて信じられんぞ」

「町の復興に役立ててくれればいいよ」

「おまえ、本当に変わっているな。普通は寄付なんかしない。まして町を救っているんだから、反対に金銭を要求してもおかしくはないぞ」

とため息をつくが、クリフの顔は笑っていた。

「復興のために譲ったんだから、クリフが上手に使ってくれればいいよ」

「当たり前だ。高く売って、トンネルを整備する資金にさせてもらうさ。金はいくらあっても困らないからな」

会話が終わるとアンズが料理を運んできてくれる。クリフは食べ終わったので、のんびりとお茶を飲んでいる。

わたしが食べ始めると同時に、ミレーヌさんが帰ってくる。

「あ〜、ユナちゃん、もう食べてる。クリフは今から？」

「俺は食べ終わった」

「そうなの。わたしが最後なの？」

ミレーヌさんは、奥にいるデーガさんに、食事をお願いする。

「それで、おまえさんのほうはどうなんだ？」

「元々小さな商業ギルドだったから、ギルマスを含めて4人も捕まったら、人が足らないわね。今後のことも考えるとどうしても人手不足ね」

「それはこっちも同じだ。町長は決まっていないし、それを補佐する者も集めないといけない」

「逃げ出した町長の部下とかいないの？」

「どうやら、身内で全て固めていたらしい。それで、財産を持って全員が逃げた」

ああ、よくある家族経営ってやつね。

1代目は優秀だけど、2代目、3代目と無能になっていく。

「でも、おまえのところはまだ人が残っているからいいが、俺のほうは冒険者ギルドと爺《じい》さんたち3人に頼むしかない状況だからな」

「大変ね」

「個人的にはアトラが町長になってくれると助かるんだが、そうなると冒険者ギルドを纏《まと》める者がいなくてな。そのへんはクリモニアの冒険者ギルドに相談だな」

「やっぱり、クリモニアから早急に何人か連れてくるしかないわね」

「それと同時に人材教育も必要だな」

2人とも大変だな。

他人事《ひとごと》のようにわたしは2人の会話を聞きながら食事をしている。

「それで、わたしは商業ギルドの件で早くクリモニアに戻りたいけど、クリフのほうはいつ戻れそう？」

「俺も本来の仕事があるし、前ギルドマスターの件もある。できれば明後日には出発したいな」

「わたしのほうもそれでいいわよ。とにかく一度、クリモニアに戻らないと仕事が先に進まないからね。ユナちゃんもそれでいい？」

わたしもクマハウスを完成させるためにはクリモニアに戻る必要がある。

だから、「いいよ」と答える。


翌日、くまゆるとくまきゅうに起こされたわたしは一人で早朝から外出した。

向かった先は港。

魚介類のことでユウラさんとダモンさんに頼みたいことがあったため、2人を捜しに来たけど。船は海に出ており、港にはユウラさんたちはいない。

来るのが早かったみたいだ。とりあえず船が戻ってくるまで、海を見ながら時間を潰《つぶ》すことにする。海にはたくさんの船が浮かんでいる。しばらく港を歩きながら船を眺めていると、次々と船が港に戻ってくるのが見えた。

どうやら、それほど待たずにすみそうだ。

どの船にも大量の魚がある。そして、漁師さんは誰もが笑顔でいる。本当にクラーケンを倒すことができてよかった。

戻ってきた漁師さんたちを見ていると声をかけられた。

「クマのお嬢ちゃん。こんな朝早くから港にどうしたんだ」

「明日クリモニアに戻るから、ユウラさんとダモンさんに挨拶《あいさつ》に。あと、魚介類の仕入れを頼もうと思って」

そう、クリモニアに戻る前に魚介類を買おうと思って、2人に会いに来たのだ。

「なんだ。もう、帰るのか」

漁師さんが寂しそうにする。

「この町に来たのも魚を買うためだったからね」

それがクラーケンが海にいて、それどころじゃなかったし。

「そうか。なら、今日捕ってきた魚、好きなだけ持っていってくれ。俺からの感謝の気持ちだ」

大きく手を広げて、船に乗っている魚に視線を向ける。

「ちょっと待ってくれ。それなら俺の魚を持っていってくれ」

「いや、俺の魚のほうが美味《おい》しいぞ」

「タコはどうだ」

「こっちは大きな貝もあるぞ」

話しかけてきた漁師さんの言葉に呼応するかのように、他の漁師さんたちもわたしに声をかけてくる。

そして、いかに自分の魚が素晴らしいか競い始める。

いや、今捕ってきたばかりなんだから、どれも新鮮で美味しそうだよ。

「ユナちゃん、どうしたの？」

わたしが困っていると、ユウラさんとダモンさんが漁師さんたちの後ろから顔を出す。

「明日の朝に町を出るから、ユウラさんたちに挨拶をしにね。それと美味しい魚介類を仕入れに来たんだけど」

わたしは簡単に状況を説明する。

「それなら、俺が捕ってきた魚を持っていってくれ。もちろん、お金なんていらない。ユナには何度も助けてもらったからな」

ダモンさんがそんなことを言うと周りが騒ぎ始める。

「おい、ダモン。後から出てきてそれはないだろう。俺たちだってクマのお嬢ちゃんに魚をもらってほしいんだ。救われたのはお前だけじゃないんだぞ。こうやって漁ができることに、みんなクマの嬢ちゃんに感謝しているんだ。少しでも、その恩を返せるチャンスなんだぞ」

「そうだ。そうでなくても爺様たちに、嬢ちゃんに迷惑になるから近寄るなって言われているんだぞ」

お爺さんズ、そんな指示を出してくれていたんだ。

「でも、俺たちは雪山でも、助けられているし」

「そんなの関係ない」

「そうだ。感謝しているのはお前だけじゃないんだぞ」

「クマの嬢ちゃんにお礼をしたいのは、漁師全員の気持ちだ」

なんか、大変なことになってきたんだけど。

こう言う場合、「やめて、わたしのために争わないで」とか言うといいのだろうか？

でも、流石《さすが》のわたしでも空気は読めるので、そんなバカな発言はしない。

「え〜と、皆さん落ちついてもらえるかな。もし、魚を分けてもらえるなら、ちゃんとお金を払って買うから」

「クマのお嬢ちゃんから、お金はもらえない」

「そうだ。そうだ。それじゃ、お礼にならない」

「俺たちの感謝の気持ちだから、受け取ってくれ」

「ダメだよ。そこはしっかりしないと。そうしないと、今後、わたしが魚を買いづらくなるよ」

「クマのお嬢ちゃんなら、今後もタダでもかまわないぞ」

「わたし、クリモニアの街で食べ物屋を開いているの。今度、魚料理のお店を開いて、定期的に魚介類を仕入れたいから、タダじゃもらえないよ」

ずっと無料ってわけにはいかない。一度や二度ならいいが、アンズを迎えたら定期的に魚介類を仕入れることになる。今後も友好的な関係を持つなら、初めが肝心だ。

「……………分かった。今後は買ってくれ。でも、今回はもらってくれ」

漁師さんたちを見ると、そこだけは譲れないみたいだ。だから、わたしは今日だけはもらって、次回から買う約束をする。

「あと、なにかあったら言ってくれ。俺たち漁師はクマのお嬢ちゃんの頼みだったらなんでも聞くからよう」

周りの漁師も頷《うなず》く。

そんなことを言われても困る。でも、1つだけ頭に思い浮かぶ。

「それじゃ、1ついいかな？」

「なんだ」

「今、クリモニアの領主が来て、今後の町について、お爺さんたちと話し合っているんだけど、そのことで喧嘩《けんか》をしないでほしいかな」

クリモニアの一部となれば、いろいろと問題が出てくるかもしれない。言い争いとかにはなってほしくない。

「元から爺様たちが決めたことに俺たちは逆らわない。まして、町を救ってくれたお嬢ちゃんの頼みならなおさらだ。その頼みは了解した」

周りの漁師たちも頷く。

そこまで、わたしって信用されているの？

それでいいの？

少し不安になるが、喧嘩になるよりはいい。あとはクリフがちゃんとやって、クリモニアとの交流が友好的に進むことを祈ろう。

それから、わたしはみんなから新鮮な魚介類をもらい、港を後にした。


わたしが次に向かった先は商業ギルド。ジェレーモさんにお願いすることがあったからだ。

商業ギルドに着くと、ギルドの人たちは相変わらず忙しそうにしている。ミレーヌさんの話では仕事が増えているうえ、前回の犯罪で数人の職員が捕まっている。そのため1人当たりの仕事量が増えていると言っていた。

そんな中、ミレーヌさんがギルドマスターらしく、いろいろと指示を出している姿がある。

「ミレーヌさん、忙しそうですね」

「あら、ユナちゃん。どうしたの？　もしかして、手伝いに来てくれたの？」

「素人のわたしが手伝えることなんてないよ」

「そんなことないわよ。ユナちゃんの存在が役に立つからね。つき合ってくれるだけでも十分よ」

つまり、ミレーヌさんの後ろで立っているだけの仕事ってことだね。

「冗談よ。それでどうしたの？」

「ジェレーモさんに用があったんだけど、いる？」

「奥の部屋で仕事に埋もれているわよ」

「それじゃ、会えない？」

「そうね。そろそろ休憩を与えないと倒れるかもしれないから、休憩がてらに会うならいいわよ」

許可をもらったので、ジェレーモさんがいる奥の部屋にミレーヌさんと向かう。

「入るわよ〜」

ミレーヌさんはノックもせずに部屋の中に入る。

「ミレーヌさん⁉ し、仕事はしていますよ。サボってませんよ」

ジェレーモさんは、入ってきたミレーヌさんに言い訳をするように口ごもる。

「そろそろ休憩をあげようと思ったんだけど、いらないみたいね」

「そんなことないです。疲れています」

「はぁ、それじゃ、手は休めていいけど。ユナちゃんの話を聞いてあげて」

「お嬢ちゃんの？」

「なにかお願いがあるみたいなのよ。わたしは外で仕事があるから行くけど、話が終わったら仕事に戻るのよ」

「はい」

わたしたちを残して部屋から出ていくミレーヌさんを見て、ジェレーモさんは安堵《あんど》の息をつく。ミレーヌさんとの仕事は、かなり大変みたいだね。

「それで、嬢ちゃん。話ってなんだい」

「和の国について、お願いがあって」

「和の国？」

「うん。今度、和の国の船が来たら、買ってほしいものがあるの」

「それはいいが、和の国がいつ来るかなんて分からないぞ。クラーケンが現れてから、一度も見ていないからな」

「こっちから行くことはできないの？」

「無理だな。大型船じゃないと行くことはできない。うちの町にそんな大きな船はないから」

そうなんだ。

せっかくクラーケンを倒したのにお米や醬油《しょうゆ》、味噌《みそ》が手に入らなかったら、無駄骨になってしまう。町が平和になったからいいけど、残念だ。

「町としても、結構食料で頼っていた部分もあったからな。とりあえずはお嬢ちゃんのおかげで、クリモニアから食料を購入することができるようになったから、大丈夫だけど、和の国の食料を好む者も多くいるから、来てくれないと困るんだがな」

そうだよね。わたしも困る。

「まあ、クラーケンがいなくなったことを知れば、来てくれる可能性もある。しばらくは様子を見るしかないな」

「それじゃ、もし和の国の船が来たらでいいから、買っておいてもらえますか？」

わたしはお金が入った袋を机の上に置く。

「これで、お米と醬油、味噌を。あと和の国の食べ物や調味料を買っておいてください」

「嬢ちゃん。多くないか？」

皮袋の中身を確認したジェレーモさんは驚く。袋の中にはかなりの金額が入っている。

わたしにとって、お米や醬油、味噌が買えるなら安いものだ。

「あと、他にも珍しいものがあったら、買っておいてもらえますか」

「嬢ちゃん。俺が盗むとは思わないのか？」

「わたしはジェレーモさんのことは詳しくは知らないけど。ユウラさんにダモンさん、アトラさん、お爺さんたちが信用しているんだよ。もし裏切られたら、みんなの見る目がなかったと思って、諦《あきら》めるよ」

「ふふ、つまり嬢ちゃんは、俺じゃなくて他の人を信用するから、俺を信用するってことなんだな」

「そうなるかな？　ジェレーモさんとは会ったばかりだしね」

「了解だ。しっかり、お金は預からせてもらうよ。とりあえず、これが前回までの取引書だ」

ジェレーモさんはお米や醤油、味噌などの取引の明細書を見せてくれる。

「もしかすると、次に来るときは多少は高くなっている可能性があるが、そのときはどうする」

「そんなの決まっているよ。2倍だろうが3倍だろうが買うよ」

「分かった。買っておくよ。それで買ったらどうする？」

「クリモニアの商業ギルドに届けてくれればいいよ」

これから、お互いの商業ギルドは密に繋がりを持つことになる。それならクリモニアの商業ギルドに話を通していたほうが楽だ。わたしはジェレーモさんにお願いして、部屋を後にする。

あとは和の国の船が来ることを祈るばかりだ。

106　クマさん、クリモニアに帰る

和の国のことをジェレーモさんに頼むことはできた。でも、和の国の船がいつ来るのか分からないのは残念だ。せっかく、クラーケンを倒したのだから来てほしいものだ。

商業ギルドを後にしたわたしは町を探索することにする。外に行くとミレーヌさんに捕まり、挨拶《あいさつ》回りを手伝わされたりした（後ろに立っているだけ）。どうにかミレーヌさんから逃げだすことができたが、今度はクリフに捕まり、クリフの挨拶回りにつき合わせられた（後ろに立っているだけの簡単なお仕事だ）。

そして、クリフからも逃げだしたわたしは町を探索して一人で宿屋に戻った。戻ってきたときには夕食の時間になっていた。

「デーガさん、アンズ、食事をお願い！」

わたしは宿に戻ると、奥にいるデーガさんとアンズに食事を頼み、いつも座っている席に座る。

すると、奥からデーガさんが大きな音を立ててやってくる。

「嬢ちゃん戻ってきたのか」

「ただいま。食事をお願い」

「それよりも、聞きたいことがある」

「なに？」

お腹《なか》が空《す》いているから、早く食べたいんだけど。

「この前、言っていたことは本気なのか？」

「この前？」

「アンズのことだ」

「アンズにクリモニアのわたしのお店に来てもらうって話？」

「そうだ。今日、トンネルの話を聞いたぞ」

「聞いたんだ」

クリフやミレーヌさんはもちろん、冒険者ギルド、商業ギルドでも知られている。そこから、仕事で繋《つな》がりのある関係者にトンネルの話は広がっている。昨日はミレーヌさんが関係者を連れて、トンネルに行ったりしている。だから、もうかなりの人が知っているはずだ。

「町では噂《うわさ》になっている。トンネルを見に行った者もいる。嬢ちゃん、トンネルのことを知っていて、一昨日《おととい》の会話をしたんだな」

「だって、アンズに来てほしいからね」

「嬢ちゃん、1つ聞くが、もしかしてあのトンネルは嬢ちゃんが作ったのか？」

わたしは少し考える。本当のことを言うべきか、言わないべきか。

デーガさんは真剣な目でわたしを見ている。だから、わたしは本当のことを話すことにした。

「わたしがアンズにクリモニアに来てほしいから作ったよ」

「やっぱりそうか」

納得した顔になる。

「アンズにクリモニアに来てほしいってこともあるけど、なによりも魚介類をクリモニアに流通させたかったからね」

そもそも魚介類の流通がないとアンズに来てもらっても意味がない。

「それだけのために、クリモニアに向けてトンネルを掘ったのか」

「本当は和の国の食材が入ってきたら最高だったんだけどね」

「今は来ていないからな」

早く来てほしいものだ。

「嬢ちゃんは、本当に凄《すご》いんだな。とてもじゃないが、そんな凄い嬢ちゃんには見えないんだけどな」

デーガさんは大きな手をわたしの頭の上に置く。

「それでもう一度確認するが、本当にアンズでいいんだな」

わたしは頷《うなず》く。

「お店は嬢ちゃんが用意してくれるんだな」

わたしは頷く。

「お店も用意するし、もちろん賃金も払うし、休みもあげるから、ミリーラの町に帰りたいと言えばいつでも帰れるようにするよ」

それがアンズとの約束だ。

「そんな好条件を出して、嬢ちゃんになんのメリットがあるんだ」

「そんなの決まっているでしょう。デーガさんの料理を学んだアンズの海鮮料理が食べられるんだよ。それだけで十分でしょう」

「冗談じゃないんだな」

「冗談でトンネルを作ったりはしないよ」

デーガさんは顎《あご》を手で擦《こす》り、目を瞑《つぶ》って考える。

「よし、約束だ。アンズを連れていけ」

「いいの？」

まだ、本人の許可をもらっていないよ。

「アンズが自分の店を持ちたがっていることは知っている。それに嬢ちゃんのところなら、安心できる。それに、トンネルを掘ってまで、アンズを欲しかったんだろう。そこまでされたら止めることができない」

「デーガさん、ありがとう。ちゃんと預かるよ」

「おお、幸せにしてやってくれ」

「それじゃ、まるでわたしのところにお嫁に来るみたいだよ」

わたしとデーガさんは笑いだす。

「……アンズ！　ちょっと来てくれ！」

デーガさんが奥に向かって叫ぶ。

「なに？　お父さん」

奥の部屋からアンズが顔を出す。

「おまえ、クリモニアに行きたいか？」

「行きたいと思っても簡単に行けるところじゃないよ。それにお父さんやお母さんと離れるのは寂しいし」

「もしクリモニアが近くになったらどうだ。数日で行ける距離になったら」

「そしたら、行ってみたいかな」

嬉しいことを言ってくれる。

「なら、行け」

「お父さん？」

いきなり、説明もなく行けって。アンズも困っている。

「もう噂《うわさ》になっているから、おまえの耳にも入ってくると思うが、このミリーラの町とクリモニアの街が繋がるトンネルが作られた」

正確にはクリモニアに〝繋がる〟でなく、クリモニアに〝向かう〟トンネルだ。

「お父さん、なに言っているの？　トンネルなんて簡単に作れるわけないじゃない」

アンズは笑いながらデーガさんの背中を叩《たた》いている。

「俺もそう思う。だが、さっき爺様たちからトンネルの話を聞いた。見に行った者もいる。そして、トンネルを作ったのはこの嬢ちゃんだ。しかも、その理由がおまえをクリモニアに呼びたいからときたもんだ」

「冗談だよね？」

「約束したよね。魚介類が手に入って、いつでもデーガさんたちに会えるようになれば、クリモニアに来てくれるって」

「……しました」

一昨日《おととい》のことだ。忘れられても困る。

「……お父さん」

アンズが困ったようにデーガさんに助けを求める。まさか、こんなことになるとは思わなかったみたいで、アンズは混乱しているようにも見える。

まあ、普通に考えて、自分のためにトンネルが作られるとは思わないよね。

「アンズ、自分で決めろ。おまえの人生だ」

「お、お父さん」

アンズはわたしの目を見つめる。

「ユナさん、本当にわたしでいいの？」

「アンズの料理が食べたい」

なんか、プロポーズしているみたいで、気恥ずかしいんだけど。

「わ、分かりました。わたしでよければ頑張ります」

アンズがクリモニア行きを了承してくれた。

「えっと、本当にいいの？」

「はい。よろしくお願いします」

「うん、こちらこそ、お願いね」

料理人ゲットだ。

「あ〜、まさか、結婚をする前に出ていくとは思わなかった」

アンズが行くと宣言した瞬間、デーガさんは悲しそうにする。

「なんなら、デーガさんもクリモニアに一緒に来る？　来てくれるなら、デーガさんのために宿屋を作るよ」

うん、いいアイディアだ。

「嬉しい誘いだが、やめておく。俺はここで生まれ育ったからな。死ぬときもここで死ぬさ」

カッコいいことを言う。

「それじゃ、クリモニアに遊びに来てね。今度はわたしが歓迎するから」

「おお、そのときは頼む」

デーガさんはわたしの頭に手を置く。

「盛り上がっているところ悪いが、トンネルが使えるようになるのは当分先の話になるぞ」

「そうね。やることが山積みだからね」

「クリフにミレーヌさん！」

いつからいたか分からないけど、クリフたちが話に入ってきた。そして、わたしが座っているテーブルの席に着く。

「腹減った。主人、飯を頼む」

「わたしもお願い」

ミレーヌさんも椅子に座る。

「そういえば、2人はクリモニアの領主様と商業ギルドのギルドマスターって聞いたが」

「ユナの友人のクリフ・フォシュローゼだ。クリモニアの領主をしている」

「わたしもユナちゃんの友人のミレーヌ。クリモニアの商業ギルドのギルドマスターをしているわ」

2人はわたしの「友人」って箇所を強調して、あらためて自己紹介をする。

「クリモニアの領主様にギルドマスター……」

「そんなに畏《かしこ》まらなくてもいい。ここではユナの友人でいい。それよりも、主人の美味《おい》しい料理を食べさせてほしい」

クリフがデーガさんに頼むと、デーガさんは嬉しそうにする。

「アンズ！　トンネルができるまで、鍛え直すからな。食事の支度を手伝え！」

「うん！」

2人は駆けだすようにキッチンに向かう。

「ユナ、いい料理人を手に入れたな」

「いいでしょう。お店ができたら食べに来てね」

「ああ、行かせてもらう」

「もちろん、わたしも行くわよ」

お客様もゲットだ。


それから、翌日の朝には予定どおりにクリモニアに帰ることになった。

「ユナさん。一生懸命に勉強しますから」

「うん、待っているよ」

「トンネルが完成するまでには、しっかり教育しておく。クリモニアでこれが俺の料理だと思われても困るからな」

デーガさんはアンズの頭を強く撫《な》でる。

「お父さん、痛いよ」

デーガさんは笑うだけで、撫でるのをやめようとしない。

宿を出ると、外にはアトラさんやジェレーモさんたちがいた。

「ユナ、いろいろとありがとうね。初めて会ったときは、クマの格好した可愛《かわい》い女の子が冒険者ギルドに来て驚いたけど、まさか、こんなことになるとは思いもしなかったわ」

「わたしもこんなことになるとは思わなかったよ」

まさかクラーケンと戦うとは思わなかった。

「いつでもいいから、遊びに来てね」

「来るよ。家も建てたしね」

「あのクマの家ね」

「あそこはわたしの敷地だから、入らないでね」

「分かっているわ。町の人にも伝えておくわ」

わたしがアトラさんと別れの挨拶《あいさつ》をしている間、ジェレーモさんはミレーヌさんから指示を受けている。

「わたしがいないからって、サボったらダメよ」

「分かっています」

最後にクリフがお礼を言って、わたしはくまゆるとくまきゅうを召喚する。

「おい、待て、ここから乗っていくのか」

「そうだけど」

「いや、待て、乗るなら町の外でいいだろう」

「なんで？」

言っている意味が分からない。

「……恥ずかしいだろう」

えっ、くまゆるとくまきゅうに乗るのが恥ずかしいの？

「とにかく、クマには町の外に行ってから乗るぞ」

クリフはそう言うと歩きだす。

それを見て、わたしとミレーヌさんは笑いながらついていく。

107　クマさん、アンズのお店を作る

町を出て、住民から見えなくなったところでクリフはくまゆるに乗る。

確かに、可愛《かわい》らしいくまゆるにクリフが乗るとシュールかもしれない。ミレーヌさんも同様に思ったのか笑みを浮かべている。

「早く帰るぞ」

あらためて〝くまゆるにクリフ〟の組み合わせが面白い。

トンネルに向かっていると塀が見えてくる。塀の中に2頭のクマが並んでいる。わたしが作ったクマハウスだ。

「トンネルを見に来たら、こんな大きなものができていたから驚いたぞ」

クリフもどうやらクマハウスを見たようだ。

「建てるって言ったでしょう」

「こんな大きいとは思っていなかったぞ」

「孤児院の子供たちも連れてきたいと思ったら、大きくなったんだよ」

「ユナちゃん、わたしが今度来るときは泊まらせてね」

一緒にくまきゅうに乗っているミレーヌさんが言ってくる。もちろん、許可は出しておく。

クマたちに乗ったわたしたちはトンネルに到着する。入り口には、クマの石像がある。今さらだけど、知らない人が見れば、ただのクマだよね。誰も、このクマの石像＝わたしとは思わないよね。そう願いつつ、クマのライトの魔法を使ってトンネルの中に入る。

トンネルが明るく照らされ、くまゆるとくまきゅうは出口に向けて走りだす。

その途中で紛れ込んだ1匹のゴブリンと出くわしたが、サクッと倒す。わたしは他の魔物が近寄ってこないようにゴブリンの死体を燃やして処理をする。

「早めにトンネルを完成させないと魔物が棲《す》み着くな」

「こんな穴があったら魔物にとってはちょうどいい巣になるからね」

「先に冒険者を派遣して、周辺の魔物討伐だな。安全を確保してから、職人を連れてこないとダメだな」

「でも、派遣をする前に、どんな魔物がいるか調査も必要かもね」

「そのへんは冒険者ギルドに聞けば分かるだろう」

確かに近辺の魔物情報だったら、冒険者ギルドで集めているはず。

トンネルを出て、そのままクリモニアに向けて出発しようとした瞬間、クリフに止められる。

「ユナ、待て。忘れていないよな」

振り返ると、クリフが嫌な笑みを浮かべている。

覚えているからこそ、早く移動しようと思ったのに。

「クリモニアに戻る前にクマの石像を作れ」

「今度でいいんじゃない？」

「今度っていつだ？　おまえさん作らないつもりだろ」

「…………」

気づかれている。

忘れていると思ったのに、忘れてなかったとは。

「目が泳いでいるぞ。正式にベアートンネルになるんだから、クマの石像が必要だろ。なんなら、クマにしないでおまえさんの石像をこっちで作るぞ」

いい大人が笑いながら脅迫をしてくる。こんな大人になってはいけないと、教科書に載せたい。

「ユナちゃん、諦《あきら》めたほうがいいわよ。こうなったクリフはしつこいわよ。でも、ユナちゃんの石像も見てみたいわね」

「ミレーヌさん……」

わたしはそんなのは見たくないですよ。でも、ミレーヌさんまでクリフの味方をしたのではわたしに勝ち目はない。

しかたなくくまきゅうから降りて、トンネルの入り口にデフォルメされたクマの石像を作る。せめてもの救いはわたしの石像でないことだ。もし、クリフがわたしの石像を作りでもしたら、二度とトンネルは使えないし、恥ずかしくてミリーラの町にも行けなくなる。わたしがクマの石像を作るとくまゆるとくまきゅうは嬉しそうにしている。仲間ができて嬉しいのかな?

クマの石像を作り終えたわたしは、あらためてクリモニアに向けて出発する。

街に着くと、2人はそれぞれの仕事場に向かっていく。クリフは自分の領主の館へ。ミレーヌさんは商業ギルドへ。わたしも家に帰る。

わたしだけ仕事がないので、のんびりすることができる。まあ、やることはあるんだけど、急ぎではないから明日からすることにしている。どこかのやる気がない人間の言葉を吐く。

明日からやる。明日から本気を出す。

いい言葉だ。明日で大丈夫なら明日でいいと思う。無理に今日することもない。そんな言い訳を自分の中でしながら、家に向かう。

翌日、わたしはアンズのお店について相談するためにミレーヌさんに会いに商業ギルドに向かう。明日でも明後日でもいいけど、それだと本当に怠け者になってしまう。それにせっかく、アンズがクリモニアに来てくれることになったんだ。いつでも、迎え入れられるようにお店の準備をしておかないと。

ギルドにやってきたが、ミレーヌさんの姿は見つからない。

奥で仕事をしているのかな？

「あのう、クマさん」

「クマさん？」

変な呼び方をされて後ろを振り向くと、若い女性ギルド職員がいた。

「いえ、ユナさん。ミレーヌさん、ギルマスをお捜しですか？」

今、間違いなくクマさんって呼んだよね。それに反応して振り向いたわたしが言うセリフじゃないけど。

「うん、そうだけど。ミレーヌさんいるかな？」

「はい、いらっしゃいます。ですが、昨日から寝ずに部屋にこもって仕事をしています」

どうやら、昨日帰ってきてから、ずっと仕事をしているみたいだ。

ギルマスは大変だね。わたしはぐっすり眠って体調はいい。

「お呼びになりますか？」

「でも、仕事をしているんだよね？」

うーん、どうしようかな。他の職員に聞くしかないかな？

できればお店のことを知っているミレーヌさんがよかったんだけど、ミリーラの件で仕事をしているミレーヌさんに相談するのも気が引ける。

「ユナちゃん。どうしたの？」

「ギルマス⁉」

わたしが悩んでいると、奥の部屋からミレーヌさんが出てくる。

「ミレーヌさんにちょっとお願いがあって」

「もしかして、アンズちゃんのお店のこと？」

話が早くて助かる。

「ミレーヌさんに前回のお店みたいに相談に乗ってもらえたらと思ったんだけど」

疲れた表情をしている。

「できれば、『くまさんの憩《いこ》いの店』の近くがいいんだけど」

「ユナちゃんの頼みだから、相談に乗ってあげたいんだけど、ミリーラの町の件で忙しいのよ」

昨日の今日だ。確かに無理だよね。

「心配しないで。リアナ」

「はい」

先ほどのギルド職員が返事をする。

「ユナちゃんに『くまさんの憩いの店』の周辺の土地を販売してあげて、それも半額で」

ミレーヌさんの口から予想外の言葉が出た。

「ギルマス！　よろしいのですか？」

「いいの？」

わたしとリアナと呼ばれた職員がミレーヌさんに確認する。

「今後、ユナちゃんがクリモニアにもたらしてくれる利益を考えれば微々たるものよ。ユナちゃんは魚介類だけに目がいっているけど、わたしとクリフはね。塩が一番、大きいと思っているの」

「塩？」

「今まで岩塩を仕入れていたけど、近くの海に行けることになるなら、塩を安く大量に手に入れることができる。さらに、それを他の街や村に売ることもできる。あのトンネルはね。ユナちゃんが考えているよりも、凄《すご》いことなのよ。だから、土地ぐらい気にしないでいいのよ。でも、体裁があるからタダで譲ることはできないけどね」

ミレーヌさんは疲れているのに笑顔を向けてくれる。

確かにどの世界でも塩は大事だ。それは砂糖よりも価値がある。

普通に塩は購入していたから、そこまで気づかなかった。さすが、商業ギルドのギルマスと領主様だ。わたしとは考える観点が違う。

わたしは好きなままに考えて行動し。2人は街の利益のことを考えて行動をする。それが上に立つ者と立たない者の差だね。

「それじゃ、リアナ。あとはお願いね」

「ギルマスは？」

「お腹《なか》が空《す》いたから、食事をしてくるわ」

力ない手を振ってギルドを出ていってしまう。

「それじゃ、ユナさん。こちらへどうぞ」

リアナさんに案内される。

「それではユナさんのお店の近くがよろしいんですね」

「わたしのお店のこと、知っているの？」

「もちろんですよ。何度も行かせてもらっています。あのピザってパンが美味《おい》しいです」

「ありがとう」

「それで、お店の周辺というと、数軒の空いている建物があります。なにか条件がありますか？」

「食べ物屋さんを作りたいから、それなりに大きな建物がいいかな」

「それなら、3つありますね」

それから、リアナさんの案内で建物を回り、わたしは「くまさんの憩いの店」近くにある一軒の建物を購入することにした。

建物の大きさは、元貴族の屋敷だった「くまさんの憩いの店」よりは一回り小さいぐらいになる。でも、少し改築をすれば、お店にできそうだ。

「そんなわけで、ティルミナさん、お願いしますね」

「いきなり、連れてきたと思ったら………」

ティルミナさんは建物を見るとため息をつく。

だって、ミレーヌさんは忙しそうに仕事をしているし、頼れるのはティルミナさんしかいない。

「それで、食べ物屋でいいのよね」

ティルミナさんは呆《あき》れるけど、結局は手伝ってくれるから好きだ。

「うん。だから、モリンさんのお店のようにしたいんだけど」

「分かったわ。わたしができる範囲のことを手配しておくわ」

「ありがとうございます」

「でも、クマの置物はユナちゃんが作ってね」

「作りませんよ」

「そうなの？」

あれはお店の名前が「くまさんの憩いの店」ってつけられ、お店をクマさんっぽくすることになったから、クマの置物を作ったまでだ。今回はお店の名前は決まっていないし、クマの置物は必要ない。

「まあ、あとで必要になったら、作ってもらえばいいしね」

「だから、今度のお店にはクマの置物は必要ないよ」

「そう？　そうならいいけどね」

ティルミナさんは含みがある笑みを浮かべる。

それから、ティルミナさんと一緒にお店の改築を行う。

1階の部屋の壁を取り除き、ワンフロアーにする。キッチンが小さいので、少し広めにする。キッチンの隣には食料庫がある。大きさは十分かな？　もし小さかったら、あとで拡張すればいいし。

テーブルとか内装関係はアンズが来てから決めよう。そのころにはミレーヌさんも落ち着いているだろうから、相談に乗ってもらうのもいいかもしれない。

2階はそのままにしておく。

アンズが住んでもいいし、休憩部屋として使ってもいい。

細かい箇所はアンズが来てからにしようと思っている。とりあえず、大きな部分、時間がかかる場所を先に行う。一応アンズのお店になるので、アンズの意見も聞いてみないとダメだ。

でも、こうやってお店ができ上がっていくのを見ると嬉しいね。

外に出て、外観を確認する。ティルミナさんが手配した職人たちが綺麗《きれい》にしてくれていた。

綺麗な建物になったけど、物寂しい気がするのは気のせいだろうか。

少し離れた場所にある「くまさんの憩いの店」を見る。ここからでもクマの置物が見える。

目の前の建物を見る。クマはない。
もしかすると、アンズはクマが嫌いかもしれない。
本人の希望を尊重しないといけないから作らないことにする。

108　クマさん、パンケーキを食べる

クリモニアに帰ってきてから数日が過ぎた。

ミレーヌさんとクリフは忙しそうに動き回っている。冒険者ギルドと連携をとって、トンネルの周辺の魔物を討伐したり、クリモニアからトンネルまでの道を整地したり。トンネルの魔石の仕入れ。その取り付け作業。さらに、先日クリフは王都に旅立った。最後に見た顔は疲れ切った様子をしていたが、わたしのせいではないはず。きっと、トンネル名を「ベアートンネル」にしたから罰《ばち》が当たったんだと思う。

まあ、クリフのことは気にしない。わたしはお腹《なか》が空《す》いたので、『くまさんの憩《いこ》いの店』に向かう。

店に来るとデフォルメされたクマが出迎えてくれる。最近ではこのクマが街で話題になっていて、子供たちにも人気があるらしい。ミレーヌさんや冒険者ギルドのヘレンさんが広めているせいもあり、パンも美味《おい》しいと評判になっている。

わたしがお店を見ている間もお客さんが入っていく。モリンさんのパンは美味しいからね。

最近の売れ筋はモリンさんとわたしの共同で作ったハチミツがたっぷりかかったパンケーキ。まあ、材料的に日本にあるパンケーキには負けるが、十分に美味しいと思うほどの味にはなっている。

わたしの今日の目的もパンケーキを食べることだ。

店の中に入ると小さなクマたちが動き回っている。クマの制服を着た子供たちがわたしに気づいて近づいてくる。わたしは頭を撫《な》でると仕事に戻るように言う。

一人が寄ってくると、子供たちはどんどんわたしに集まってくる習性がある。それで一度、カリンさんに叱《しか》られたことがある。だから、頭を撫でることで満足してもらい、すぐに仕事に戻ってもらう。

頭を撫でられた子供たちは嬉しそうに仕事に戻っていく。

子供たちの後ろ姿はクマの尻尾《しっぽ》が左右に揺れて可愛《かわい》い。やっぱり、このような服はわたしみたいな大人の女性が着ても似合わないよね。着るなら小さな女の子のほうが似合う。

でも、最近困ったことが起きている。

ついこの間、わたしは店の子供たちがお店のクマの制服を着て街の中を歩いているのを見かけたのだ。

ティルミナさんに確認したら、なんでも着心地がいいみたいで、普段からお店のクマの制服を着ているという。わたしは急いでお金を渡して私服を買うように指示した。でも、ティルミナさんは「店の宣伝になるからいいんじゃない」と言いだす始末。

流石《さすが》に着ぐるみではないけど、動物のコスプレをこの世界で流行《はや》らせるのはまずいんじゃないかと思う。

ティルミナさんには頭を下げてお願いしたけど、どうなるか分からない。

「みんな、ユナちゃんのことが好きだから、真似をしたいのよ。だから、好きにさせてあげればいいのに」と言うが、この一線だけは越えてはダメだと、わたしの直感が言っている。この一線を越えたら着ぐるみが世界に広まる光景が目に浮かぶ。


どこに座ろうかと店内を歩いていると、見知った人物が食事をしていた。

冒険者のルリーナさんが一人でパンケーキを食べている姿がある。

「ユナちゃん。久しぶりね」

最近、わたしが冒険者ギルドに行っていないせいもあって、会うのは久しぶりだ。

「ルリーナさん、仕事は？」

わたしはルリーナさんの正面の席に座る。

「昨日、仕事を終えて帰ってきたばかりよ。だから、しばらくは休みの予定。ユナちゃんも食事？」

「お腹《なか》が空いたので」

近くを通りかかったクマの格好をした女の子を捕まえ、パンケーキとフライドポテトを頼む。本当はカウンターで注文をしないといけないんだけど。経営者特権だ。

「あっ、そうだ。ユナちゃん、1つ聞きたいんだけどいい？」

「なんですか？」

「あの、ベアートンネルってユナちゃんが関係しているの？」

「……な、なんでですか」

動揺する心臓を落ち着かせる。

「だって、名前もそうだけど、トンネルの前にあるクマの石像って、お店の前にあるクマと同じでしょう」

「見たの？」

「さっき、仕事をしてたって言ったでしょう。ベアートンネル付近の魔物討伐をしていたのよ」

ああ、クリフが言っていた安全対策の魔物討伐か、ルリーナさんも参加していたんだね。

それなら、あのクマの石像を見られてもしかたない。

「それで、ユナちゃんと関係があるの？」

う～ん、どうしたらいいかな。個人的にはわたしとトンネルが関係があることは広まってほしくない。

「別に教えてくれなくてもいいけど。みんな、ユナちゃんと関係があると思うわよ」

ですよね～。トンネルの名前にしろ、クマの石像にしろ、わたしが関わっていると宣伝しているようなものだ。これも全てクリフのせいだ。

しかたなく、クリフとミレーヌさんと前もって話し合っていたとおりに伝えることにする。

「トンネルの第一発見者だよ」

これが話し合った結果の妥協点だった。まさか、本当にトンネルを掘ったなんて言えないからね。

「発見者？　本当に？」

ルリーナさんは疑うように目を細めながら、わたしを見る。

「ホントウデスヨ」

わたしはルリーナさんからゆっくりと目を逸らす。

「ふふ、分かったわ。そういうことにしておいてあげる」

ルリーナさんがどのように分かったか、分からないけど、それ以上は追及してこなかった。

それから、他愛もない話をしていると、注文したハチミツたっぷりのパンケーキとフライドポテトと飲み物が運ばれてくる。

「ありがとうね」

わたしは運んできてくれた女の子にお礼を言う。女の子は嬉しそうに微笑《ほほえ》み、仕事に戻っていく。

目の前にはできたてのパンケーキとフライドポテトが並ぶ。

「本当にここの食べ物は美味しいよね」

ルリーナさんがわたしのフライドポテトに手を伸ばすが、注意はしない。先ほど、わたしの気持ちを汲《く》み取ってくれたんだ。賄賂《わいろ》と思えば安いものだ。それになくなったら注文すればいいことだ。

わたしがハチミツがかかったパンケーキを食べ、至福のひと時を楽しんでいると、ティルミナさんがこちらにやってくるのが見えた。

「ああ、ユナちゃん。本当にいたのね！」

いたらいけないの？

もう一口、パンケーキを口に運ぶ。

「よかったわ。ちょっと、相談に乗ってもらいたいことがあるんだけど、大丈夫？」

「なにかあったんですか？」

ティルミナさんは周りを見る。

「ここじゃ、話せないこと？」

「うーん、そうじゃないけど」

どうしようか悩んでいる。

「それじゃ、奥に行くよ。ルリーナさん、ポテトあげますから、黙っておいてくださいね」

フライドポテトをテーブルに残し、食べかけのパンケーキと飲み物を持って奥の部屋に向かう。

奥の休憩室に入り、話を聞くことにする。

テーブルにパンケーキを置いて、パンケーキを口に運ぶ。ハチミツがたっぷりかかっていて美味しい。

「それで、どうかしたんですか？」

「今、ユナちゃんが食べているパンケーキが、店で出せなくなりそうなの」

わたしは2口目を口に運ぼうとした手を止める。

今、なんとおっしゃいましたか？

「今、ハチミツの価格が高騰しているの」

「ハチミツがどうして？」

パンケーキにはハチミツが必要だ。

まあ、ジャムなどでもいいが、パンケーキにのせるのにハチミツは譲れない。

「まあ、理由は簡単なんだけど。ハチミツが手に入らなくなったみたいなの」

「ハチミツが手に入らなくなった理由は？」

「仕入れ先は魔物が現れたみたいなことを言っていたわ」

蜂の巣近くに黄色のクマでも現れたかな？

「だから、このまま高騰すると仕入れることができなくなるの。それか、パンケーキを含め、ハチミツを使っているパンも値上げをしなければならなくなるわ」

「それで、わたしに魔物を倒してきてほしいってこと？」

「違うわよ。わたしはお店の話をしているのよ。魔物退治なら、冒険者ギルドに依頼は出ているでしょう。ユナちゃんはお店のオーナーなんだから、お店のことを考えないと」

だから、魔物を倒してハチミツを手に入れてきてくれと言われているものとばかり思ったんだけど。どうやら違うらしい。どうも、考え方が脳筋に傾いている。少しは考えないと危ない。

「ハチミツ関係の商品を一時的にやめるか。ハチミツの価格に合わせて商品の価格を上げるかよ」

「価格を上げて売れるの？」

「数は減るけど売れると思うわ。でも、ハチミツを使った食べ物は子供たちに人気があるから価格は上げたくないの」

「つまり、どうしろと」

「だから、相談をしているのよ」

ごもっともで。

つまりは販売をやめる。または赤字覚悟でそのままの価格で売り続ける。もしくはハチミツに合わせて価格を上げるの3択になる。

「モリンさんはなんて？」

「お金のことは面倒だから、わたしに任せるって」

モリンさんらしい理由だ。

「ただ、入荷がないようだったら、メニューを変更するから早めに言ってほしいって」

「うちの在庫は？」

「売れ行きから考えると、あと2、3日かな。だから、悩んでいるの」

うーん、どうしたものか。

少しぐらいの赤字だったら、気にしないからいいんだけど。

「ちなみに人気はあるんだよね」

「うちの店の食べ物は全て人気があるわよ。だから、ハチミツ関係の商品がなくなっても、全体的な売り上げが下がることはないと思うけど、残念がるお客様はいるわね。とくに子供たちが」

これって、ハチミツの件がどうなっているか次第だよね。

「商業ギルドは知っているの？」

「ううん、先日、わたしも仕入れ先から聞いたばかりだから、まだ確認は取っていないの」

「それじゃ、これ食べたら、わたしが商業ギルドに行ってくるよ」

フォークに刺さっているパンケーキを口に入れる。

「いいの？」

「お店のことは全部ティルミナさんに任せっぱなしだから、たまにはオーナーらしいことしないとね」

まあ、ミリーラの町から帰ってきてからあまり仕事もせずにぐうたら生活が続いている。たまには仕事をしないと、年下の子供たちに、示しがつかない。

年長者としての威厳を保たないといけない。
そんなわけで、パンケーキを食べ終えたわたしは、商業ギルドに向かった。

109 クマさん、冒険者ランクCになる

ハチミツのことを聞きに商業ギルドにやってきた。

ぐるっと見渡すが、本来のギルマスの仕事をサボって受付に座っているミレーヌさんの姿はない。

やっぱり、ミリーラの町の件で忙しいのかな？

そうなると受付に座るミレーヌさんの姿はしばらく見られないかもしれない。そう思うと少し寂しいね。

ミレーヌさんがいないので、どこの受付で聞こうかと思っていると、先日、土地の件でお世話になったリアナさんがいたので、そちらに向かう。

「ユナさん、いらっしゃいませ。今日はどのようなことで？　もしかして、先日購入した建物に問題が？」

「違うよ。建物は問題ないよ。逆にあんなに安く売ってもらっていいのかと思うぐらいよ」

「いえ、先日、ギルマスからミリーラの町の件を伺いました。それを考えれば安いもので

す。いずれは商業ランクAに昇格ですね」

大きなことを言いだす。

ランクAなんて王都にいる大商人ぐらいだと聞いている。そんな大商人になれるとは思っていないし、なりたいとも思わない。

「ランクAなんて夢ね」

わたしがそう言うと、リアナさんがわたしに近づいて小声で話し始める。

「いえ、夢じゃありませんよ。先日のギルド会議で、トンネルの通行料の一部が、ユナさんのカードに振り込まれるようになるとお聞きしました。そうなれば、かなりの金額になると思います。だから、数年後には間違いなくランクAになると思いますよ」

「ちょ、ミレーヌさん、そんなことを話しているの！」

トンネルの通行料の一部はわたしがもらうことになっている。クリフとミレーヌさんいわく、作った者の権利だという。あのトンネルを街で買い取ることも考えたらしいが、現実的でないらしい。

まあ、クリフではないけど、お金はあっても困らないので受け取ることにした。

でも、そのことは内緒にするはずだったのにリアナさんは知っていた。

わたしが驚いていると、リアナさんが口に人差し指を当てて静かにするようにアピールをする。

「いえ、ユナさんの件は一部の者しか知りませんから安心してください。職員の中で知っているのは会計担当者と、ギルマスの直属の部下ぐらいになります」

「ミレーヌさんはギルドマスターだよね。全員部下じゃないの？」

「言い方が違いましたね。ギルドマスターの代わりができる者です。ギルマスがいないときに代わりに仕事をする人です」

「つまり、リアナさんはミレーヌさんの代わりなの？」

「そんな偉いものじゃありません。ギルマスがいないときの、ユナさんの受付担当になったぐらいです」

なにそれ。わたし担当の受付とか。

それじゃ、わたしが悪いことをするみたいじゃん。

「先日の建物の件で、わたしがユナさんの担当をしたせいだと思います。だから、ギルマスがいないときは気軽に声をかけてください。わたしで対応できないときはギルマスにお伝えしますので」

まあ、知らない人に担当されるよりはいいかな。

「でも、トンネルの通行料の一部が入ると、どうしてギルドランクが上がるの？」

「通行料の利益の一部が商人としての税金として納められますから、必然的に商業ランクは上がりますよ」

つまり、トンネルで商売をしているようなものってことかな？

商業ランクか。上がってもあまり役に立ちそうもないんだけど。

「それでユナさん。本日はどのような用件でいらしたのですか？」

おっと、忘れるところだった。

リアナさんにハチミツの件を尋ねる。

「魔物が現れて、ハチミツが手に入らなくなったって聞いたんだけど、どうなっているかと思って」

「その件ですか」

「うん、わたしのお店にハチミツは必要だから」

「今、蜂の木に現れる魔物討伐の依頼は出ています。それが討伐されしだい、元の価格に戻ると思います」

蜂の木？

聞き間違いかな？

蜂の巣だよね。

「それじゃ、蜂の巣に現れた魔物討伐の依頼は出ているのね」

「ユナさん。蜂の巣ではなく、蜂の木です」

聞き間違いじゃなかったらしい。

「えっと、その蜂の木ってなに？」

「ユナさん、知らないのですか？」

「うん、初めて聞いた」

「蜂の木は蜜を集める蜂が木に作る巣のことをいいます。大きな木に何万、何十万という蜂が群がり、木全体が蜂の巣になった巨木です」

蜂が何十万って気持ち悪いんだけど。

「そんなに蜂がいたら採るのも危険じゃ？」

「蜜を集める蜂は大人しいですから、こちらから攻撃しない限り大丈夫です。それに採りに行くのは専門の方々ですから危険はないです」

ハチミツ採取の専門家なんているんだ。まあ、日本にもいたけど。

「それで、現れた魔物がなにかは分かっているの？」

簡単だったらサクッと倒してくるけど。

「そのハチミツを採取しに行った方々が言うにはゴブリンの群れだそうです。蜂の木に群がっているのを見たそうです。それで数日前に、冒険者ギルドに討伐の依頼が出ていますから、近いうちに討伐されると思います」

ゴブリンぐらいだったら冒険者でも倒せるから、わたしの出番はないかな。

「もし状況が知りたいようでしたら、冒険者ギルドでお聞きになるといいと思いますよ」

「ありがとう。ちょっと、どうなっているか冒険者ギルドで聞いてみるよ」

わたしはリアナさんにお礼を言って商業ギルドを後にする。

そんなわけで、今度は冒険者ギルドにやってきた。ギルドの中に入ると、いつもよりも冒険者の数は少ない。わたしを見た冒険者は、なぜか皆、一歩下がる。わたし、なにもしないよ。怖くないよ。

そんなことを思いつつ、ヘレンさんがいる受付に向かう。

「ユナさん。どうしたんですか？」

どうしたもなにも、冒険者が冒険者ギルドに来て、疑問形で尋ねられても困るんだけど。

まあ、最近来てなかったけど。

「ちょっと聞きたいことがあってね」

「聞きたいことですか。その前にユナさん、ギルドカードをいいですか？」

「どうして？」

「ギルマスから、ユナさんが来たらランクを上げるように指示を受けています」

「ランク？」

「はい。先日、うちのギルマスとクリフ様がお会いになりまして、ユナさんのことで話し合っていたみたいです。どんな話があったのか、詳しい話は聞けませんでしたけど。ギルマスが頭を抱《かか》えて、ユナさんのギルドランクを上げる指示を出されました」

もしかして、クリフはクラーケンのことでも話したのかな。

「そして、ギルマスからの伝言です。本来はランクCに上がるそうなんですが、ユナさんが望めばランクBでもかまわないそうです。ユナさん、いったいなにをしたんですか？」

ただ、大きなイカを茹《ゆ》でただけだよ。とは言えない。

「どうなさいますか？　やっぱり、ランクBにしますか？」

「別に、今のままでもいいけど」

通常の依頼をこなしていないのに、いきなりランクBと言われても困る。こういうものは1個ずつ上がっていくから楽しいのであって、いきなりランクが上がっても嬉しくはない。

「ギルマスからの追加伝言です。『ランクを上げなかったら俺の評価が下がるから絶対に上げろ』とのことです」

「……それじゃ、ランクCでお願いします」

確か、今のランクはDだったはず。ランクCなら、1つ上がるだけですむ。

「いいのですか？　ランクBになれるんですよ。なりたいと言ってもなれるものじゃないんですよ？」

「わたしがランクBとか言っても、誰も信じてくれないでしょう。なら、それなりのランクでいいよ」

ランクCと言っても信じてもらえそうもないけど。

「本当にいいんですね？」

わたしは頷《うなず》く。

「分かりました。それでは、ユナさんのランクを1つ上げてランクCにさせてもらいます」

ヘレンさんは水晶板を操作して、カードのギルドランクを変更する。

「数か月でランクCでも凄《すご》いのに、本当になにをしたんですか。ランクBでもいいなんて」

「さあ、わたしもよく分からないけど」

「本当ですか？」

どうやら、ヘレンさんは疑いの目で見てくる。

ヘレンさんはクラーケンのことは伏せられているらしい。もし、討伐記録に記入されていればヘレンさんも尋ねてきたりはしない。

もしかすると、エルファニカの刻印みたいにギルドマスターにしか見えないのかもしれない。

「それよりも、聞きたいことがあって、来たんだけど」

ギルドカードを返してもらったわたしは、いつまでもランクが上がった理由を尋ねられても困るので、ギルドに来た用事を済ませることにする。

「う〜ん。分かりました。でも、今度、教えてくださいね。それで、聞きたいことってなんでしょうか？」

「蜂の木に魔物が現れたって聞いたの。その依頼がどうなっているかなと思って」

「蜂の木ですか？　えーと。少し、お待ちください」

ヘレンさんは水晶板を操作する。

「先日、依頼を受けた冒険者パーティーがいます。でも、まだ依頼達成はされてませんね」

「その冒険者で大丈夫？」

「はい、大丈夫だと思います。依頼内容はゴブリン退治30匹ですから、難なく討伐できると思います」

なら、数日後にはハチミツが採れるようになるかな。

「ああ、その依頼を受けた冒険者が戻ってきたみたいです」

ヘレンさんが入り口に目を向ける。入ってきたのは男性冒険者5人のパーティーだった。

でも、なにか様子が変だ。依頼を達成した表情には見えない。普通は依頼を終えると嬉しそうに戻ってきて、お酒の話や食事の話をしたりする冒険者が多い。でも、戻ってきた冒険者は怒っているように見える。

冒険者たちは受付に向かうと大きな声で話し始める。

「おい、依頼内容が違ったぞ!」

受付をしてる女性が驚く。

「どのような依頼でしょうか」

受付嬢は少し、怯《おび》えながら尋ねる。

聞こえてくる冒険者の話では、なんでもゴブリンの群れの討伐に行ったら、いたのはオークの群れだったという。それを見た冒険者たちは戦わずに戻ってきたという。

オークの群れね。ゴブリンとオークでは戦闘能力に差があるからね。逃げて帰ってくるのはしかたないのかな。わたしにとっては同じようなものだけど。

冒険者たちは依頼の取り消し申請を行っている。

「あの場合。依頼は失敗扱いになるの?」

「保留状態になります。次に依頼を受けた冒険者がオークを発見すれば、依頼は失敗扱いにはなりません。依頼内容の間違いになりますから。でも、実際にゴブリンがいた場合、失敗扱いになります」

「両方、いた場合は？」

「その場合は状況によりますね。ゴブリンとオークが一緒に行動しているか、別に行動しているかによって、変わってきます。一緒にいれば、依頼内容の間違いとなります。別行動なら、倒さないと失敗扱いになります」

いろいろと状況によって違うんだね。依頼を出すほうも受ける側も大変だ。

冒険者たちは文句を言いながらギルドを出ていく。

これで、現在、誰も魔物討伐の依頼を受けていないことになる。そうなると、ハチミツが手に入らなくなる。それはマズイ。

「ヘレンさん。その蜂の木に現れる魔物討伐の依頼、わたしが引き受けても大丈夫？」

「ユナさんがですか。別にかまいませんが。お一人で行くつもりですか？」

「そうだけど」

「ブラックバイパーを倒せるユナさんなら心配はないと思いますが、ユナさんは女の子なんですから、あまり、無理をしないでくださいね」

「ありがとう。気をつけるね」

素直にお礼を言っておく。

「それでは手続きをしますのでお待ちください」

再度ギルドカードを出し、依頼の登録を行う。

蜂の木の場所を教えてもらい、先ほどの冒険者が見たオークの位置も聞き、ギルドを後にする。

110　クマさん、蜂の木に向かう

くまゆるに乗って、蜂の木がある森にやってきた。ヘレンさんの話によれば、この森の中心部にあるそうだ。普通の木とは違うから見ればすぐに分かると言っていた。

想像するだけで、あまり気持ちがいい感じはしない。

わたしは森に入る前に探知スキルで魔物の確認をする。

オークが10体ほどいる。さらに、少し離れたところにゴブリンの反応もある。どうやら、どちらの情報も間違っていなかったらしい。

とりあえず、くまゆるでオークのいる場所に向かう。そこに蜂の木があると思ったためだ。

しばらく進むと、わたしの前を花びらが舞う。森を抜けると、あたり一面に色とりどりの花が広がる景色が待っていた。

息を吸い込んで吐くことを忘れるほど綺麗《きれい》な光景だった。赤、青、黄、オレンジ、いろいろな色の花が咲いている。

それは限りなく広く、どこまでも広がっている。森の中にこんな場所があるなんて信じられない光景だった。その花が咲く中心に大きな木が立っている。

あれが蜂の木？

「大きい……」

だが、その綺麗な光景を壊す存在が巨木の下にいた。涎《よだれ》を垂らし、醜い顔のオークがハチミツを食べている。

あいつらね、わたしのハチミツを食べているのは。

討伐しようと森から出ようとした瞬間、右の森からゴブリンが飛び出してきた。そのまま、走りだしてオークに向かう。ゴブリンは木の棒や、どこで拾ったのか分からないナイフを持ちオークに襲いかかる。

もしかして、縄張り争い？

まあ、探知スキルで発見したときから、両方とも倒すつもりだったから面倒がなくていいけど。数ではゴブリンが勝っているが、力量差がありすぎる。オークの重い一撃を喰らうとゴブリンは沈んでしまう。でも、ゴブリンも数にものをいわせて数体がかりでオークを襲う。意外と均衡《きんこう》している。

勝負の行方を見てから漁夫《ぎょふ》の利を占めようと思い、様子を見ることにする。だが、その考えは数秒で却下される。オークとゴブリンが暴れるたびに、綺麗な花が潰《つぶ》されていく。ハチミツの素が。このままでは、戦いが終わるころには、戦闘が行われた場所の花が全て潰されてしまう。

あらためて動こうとした瞬間、くまゆるがわたしを止める。今度は左の森から、2つの黒い物が飛び出す。飛び出した黒い物体はゴブリンとオークの群れに真っ直《す》ぐに向かう。

あれは間違いなく。

「クマ⁉」

そう、2種の戦いに乱入したのは2頭の熊だった。

大きな熊と一回り小さな熊の2頭。熊はゴブリンとオークの戦いの中に乱入する。クマの奇襲にゴブリンとオークは戸惑い、均衡が崩れ始める。熊はゴブリンを倒し、オークにも攻撃を仕掛ける。

熊の乱入のせいで、ゴブリンは混乱を来《きた》し、逃げだし始める。

そして、その場に残ったオークと熊の戦いが始まる。

でも、オークの数は10体ちょい。熊は2頭。数に差がありすぎる。

熊が1体のオークを攻撃をしていると、横から攻撃をしてくるオーク。オークの持つ棍《こん》棒《ぼう》が熊を襲う。熊は防ぐこともできずに無抵抗な体に攻撃を受ける。別の熊が助けようとするが、オークに囲まれて動けない。

「えーと、この状況は……」

つまり、ハチミツを争って三つ巴《どもえ》の争いだったわけだ。ここにわたしが加われば四つ巴になる。

えっと、わたしはどうしたらいいの？

まあ、普通に考えればゴブリン、オーク、熊を全て倒せばいいと思うけど。熊を倒すことには抵抗がある。まして、殺すことなんてできない。それはくまゆるとくまきゅうの仲間を殺すようなものだ。

どうしようと悩んでいると熊がどんどん劣勢になっていく。でも、熊も負けていない。熊が目の前のオークを張り倒し、オークの首筋に噛《か》みつく。

おお熊、強い。熊を応援してしまう。

1対1ならオーク相手でも負けてはいない。でも、相手の数が多い。

熊が次のターゲットに向かおうとした瞬間、熊の動きが鈍る。巨木の後ろから赤いオークが現れたのだ。オークの亜種。ゲームではオークの色違いで出てきた魔物。攻撃力、耐久性がオークよりも数段強い。

熊はレッドオークに攻撃を仕掛けるが、レッドオークが持つ棍棒で叩《たた》きつけられる。もし、剣だったら致命傷だった。とはいえ、だからといって危険な状態には変わりない。

もう一頭の熊がレッドオークに体当たりをする。だが、レッドオークはビクともしない。

そのまま棍棒を振り下ろそうとする。その瞬間、わたしは動いていた。

スナイパーのように遠くから水球弾を放っていた。水球弾はレッドオークに命中して、よろめかせる。

叩かれた熊はおぼつかない足取りで、森の中に逃げ出す。そのあとをもう一頭も追う。

残されたレッドオークはわたしからの攻撃だとは気づかず。八つ当たりをするように仲間であるオークに棍棒を振り下ろす。棍棒で殴られたオークはミンチになる。見ていて気持ちいいものではないので、くまゆるに乗って静かにその場から離れた。

棍棒で叩きつけられていたけど、あの熊は大丈夫かな？

仲間のオークがミンチになるほどの強さだ。熊が心配だ。

くまゆるに目的も伝えずに歩かせていたが、やがて、2頭の熊を見つけた。いや、正確には4頭。先ほどの2頭の熊と子熊が2頭いた。親子ってことは2頭は夫婦だったんだね。大きいほうが父熊で小さいほうが母熊かな。

親熊の一頭は倒れ、もう一頭はわたしたちを見ると威嚇《いかく》し始める。

くまゆるはわたしを降ろし、熊たちのところに歩きだす。そして、なにか会話をしているように見える。

もしかして、会話できるの？

そんなことを考えていると、双方の熊は頷《うなず》きあって意思疎通《いしそつう》をしているように見える。

なにが起きているの？

くまゆるが戻ってきて、わたしの体を鼻で押すようにして、倒れている熊のところに連れていく。

「もしかして、傷を治せってこと？」

くまゆるは小さく「くぅ〜ん」と鳴く。

「分かったよ」

くまゆるのお願いだ。断ることはしたくない。それに傷ついている熊を見捨てることもできない。

わたしは倒れている熊に近づくが、くまゆるが話したせいか、今度は威嚇されるようなことはない。本当に会話をしていたのかな？

わたしは怪我をしている熊に治療魔法をかけてあげる。すると、熊はゆっくりと立ち上がり、それを見た子熊が嬉しそうに親熊に体を擦《こす》りつけている。

「傷は治してあげたけど、無理はしないでね」

実際に、どこまで治ったか分からないからね。

でも、元気になってくれてよかった。

そんな熊の親子の中にくまゆるが入っていく。そして、なにか会話をし始める。

もちろん、クマ語をマスターしてないわたしには理解はできない。クマたちは仲良く会話（？）をしている。くまきゅうだけ除《の》け者にすると、またいじけると困るので、くまきゅうを召喚する。

くまきゅうを召喚すると、すぐに仲間の輪に入り会話（？）を始める。

う〜ん、なにを会話しているのかな？

お互いに鳴きあっている。なにを話しているか気になる。

しばらくすると会話が終わったのか、くまゆるとくまきゅうがわたしのところにやってくる。まるで、お願いするかのように擦《す》り寄ってきて甘い声で鳴く。

なんとなくだけど、くまゆるとくまきゅうがなにを伝えたいか分かるような気がした。

「もしかして、わたしにレッドオークを倒してほしいってこと？」

正解したみたいで嬉しそうに「くぅ～ん」と鳴く。

別に倒すのはいいけど。問題はその後だよね。魔物は倒したけど、熊がいたらハチミツ採取できないよね。

わたしが考えていると親熊が子熊を置いて動きだす。

もしかして、またレッドオークと戦いに行くつもりなの？

どうしたものかと悩んでいると、くまゆるとくまきゅうが寄り添ってくる。

「分かった。行くよ」

わたしの返事が嬉しいのかくまゆるとくまきゅうは嬉しそうに鳴く。

くまゆるとくまきゅうのお願いだ。後のことは後で考えることにする。とりあえずはレッドオークを倒すことにする。レッドオークがわたしの敵なのは変わらない。

わたしたちはレッドオークがいる蜂の木に向かって歩きだした。オークたちは蜂の木の周辺に陣取っている。その中にはレッドオークの姿があり、異質な気を放っている。

花が一面に広がる綺麗な場所には不釣り合いな存在だ。

親熊たちがゆっくりとオークたちに向かって歩きだす。勝手に動かないでほしいけど、そうも言っていられない。わたしも熊たちに続く。

熊が走る。そのことにオークが気づく。それぞれが武器を握り締める。

レッドオークが頭に響くほどの叫び声をあげる。その叫びが合図となり、オークたちがわたしたちに向けて一斉に走りだす。

親熊たちが迎え撃つ。

本当はそんな前に出ないで、わたしに任せてほしい。でも、親熊たちは自分たちの居場所を守るために戦おうとしている。それは子供のためかもしれない。親熊はオークに向けて摑《つか》みかかる。

わたしは親熊をフォローする感じで戦いを始める。

親熊と離れているオークの首を風の魔法で切り落とす。さらにわたしに襲いかかってくるオークを倒す。親熊たちもオークを一体ずつ倒している姿がある。

その姿を見たレッドオークがさらに唸《うな》り声をあげる。レッドオークが走りだす。向かった先は父熊のほうだ。

大きな棍棒を握り締め、父熊に向けて振り下ろす。横から、母熊がレッドオークに体当たりをする。他のオークが乱入する。父熊がレッドオークに攻撃を仕掛ける。完全に混戦状態になってしまった。これでは魔法で攻撃を仕掛けることができない。

レッドオークが棍棒を振り下ろす。父熊は棍棒を躱《かわ》す。棍棒が地面を叩き付け、綺麗に咲く花を散らす。その隙をついて、母熊が横からがレッドオークに襲いかかる。体当たりをするが、今度は受け止められる。レッドオークが再度、棍棒を振り上げる。父熊が襲いかかる。棍棒の行き先は母熊。父熊が襲いかかる前に振り下ろされ、母熊の背中に当たる。

ぷち。

母熊はうめき声をあげて倒れる。そこに父熊がレッドオークに襲いかかる。レッドオークは振り下ろした棍棒をそのまま、父熊に向けて下から振り上げる。その棍棒が横っ腹に当たる。

ぷちぷち。

親熊はレッドオークの足元でうめき声をあげながら倒れている。レッドオークは涎《よだれ》を流しながら、再度棍棒を振り下ろそうとする。棍棒が振り上げられた瞬間、わたしは動いていた。

レッドオークの横っ腹にクマパンチを打ち込んだ。レッドオークは花を潰しながら、地面に転がる。

久しぶりにキレました。熊たちが殴られているのを見て気分が悪くなった。

熊たちが邪魔で魔法が使えないなら、殴ればいい。

熊は敵対すれば凶暴で凶悪な生物だ。お腹が空いた熊は人を襲うこともある。でも、くまゆるやくまきゅうに出会って気持ちは変わった。

だから、どうしても熊贔屓《びいき》になってしまう。

今後、この熊たちが人を襲うかもしれない。でも、この瞬間、わたしはこの熊たちを守りたいと思う。未来のことは分からない。今は無性にこのレッドオークを倒したい衝動に駆られる。

レッドオークは立ち上がり、わたしのほうを見る。

その喧嘩《けんか》、熊の代わりにわたしが買った。熊たちが味わった痛みを味わってもらう。

わたしはステップを刻み、レッドオークに向かう。レッドオークは棍棒をわたしに向けて振り下ろす。

力勝負をしたいなら、受けてあげる。

わたしは白クマの手で棍棒を受け止める。衝撃は小さい。楽に受け止められる。

これは母熊の分。がら空きの横っ腹に黒クマのクマパンチを入れる。反動と苦しみで、レッドオークの手から棍棒が離れる。棍棒は白クマの口に咥《くわ》えられている。それを黒クマの口にしっかりと咥え直す。

体勢を整えたレッドオークは初めてわたしのほうを睨《にら》みつける。餌《えさ》としてでなく、敵として見た。

敵として見るのが遅い。

どっちが上か、教えてあげる。知ったときには生きていないけどね。

わたしは棍棒を振り上げて、レッドオークに振り下ろす。レッドオークはわたしと同じように棍棒を受け止めようとする。

同じことができると思っているの？

レッドオークの腕を粉砕する。これが父熊の分。レッドオークは声にならない叫び声を

あげる。おまえが何度もしてきたことだ。レッドオークはわたしに背を向けて逃げだす。逃がすわけがない。土魔法で壁を作り、逃げ場をなくす。レッドオークは最後にわたしを恐怖の目で見る。レッドオークには戦う意思はない。でも、逃がすつもりはない。最後はベアーカッターで首を切り落として戦いは終わった。

わたしが後ろを振り向けば、くまゆるとくまきゅうがオークの殲滅《せんめつ》を終えたところだった。わたしは倒れている熊に近づき、治療魔法をかける。親熊は起き上がり、感謝の気持ちなのか体を擦《こす》りつけてくる。

「ねえ、人間がハチミツを採りに来ても襲わないでいてくれる？」

言葉が通じないと分かっていても、そう尋ねてしまう。今日ほど熊の言葉が分かればと思った日はない。熊を安全なところに移動させるしかないのかな。そんなことを考えているとくまゆるとくまきゅうが親熊に近づき、会話（？）みたいなことをしている。親熊は回り込みわたしの体を押し始める。押した先には蜂の木がある。

「ハチミツを採りに行けってこと？」

わたしのその疑問にくまゆるが代わりに返事をしてくれる。わたしは蜂の木に近づく。木の周りには蜂が飛び回っているが襲ってくることはない。わたしはクマボックスから壺《つぼ》を取り出して、気をつけながらハチミツを採取した。

111　クマさん、熊をどうするか悩む

蜂の木は幹の周りを蜂の巣が囲むように作られていた。クマさんパペットを外して、蜂の木の孔《あな》に指を入れるとハチミツが溢《あふ》れてくる。指についたハチミツを舐《な》めると甘くて美《お》味《い》しい。周りに蜂が飛んでいるのは少し恐怖を感じるが、蜂は飛んでいるだけで襲ってくる様子はない。

ハチミツを採取していると、森から2頭の子熊が小さな足で歩いてくる。死んでいるオークを避《よ》けながら親熊のところまでやってきたと思ったら、親をスルーして蜂の木に手を入れるとハチミツを食べ始める。

子熊たちよ。それでは親熊が可哀想《かわいそう》だろう。親熊たちは一生懸命に戦ったんだよ。

でも、子熊たちのハチミツを食べている姿は愛くるしい。

ハチミツが壺いっぱいになったのでクマボックスにしまい、熊に別れの挨拶《あいさつ》をする。

「いろいろとありがとね。でも、子供もいるんだから危ないことはしちゃダメだよ」

言葉は通じないけど気持ちを伝える。親熊は「くぅ〜ん」と鳴いて返事をしてくれる。

分かってくれたのかな？

子熊は満足したのか、ハチミツを食べるのをやめている。それを見た親熊は小さく鳴くと移動し始める。森の中に帰るらしい。その後ろを子熊たちがついていく。

わたしは熊と別れたあと、オークの死体を回収する。森を出る前に、逃げだしたゴブリンの掃除も忘れない。

帰る道すがら今回の依頼の報告はどうしたものか悩む。

今回の依頼では熊の親子の討伐はしなかった。依頼内容はあくまでゴブリンとオークの討伐だ。依頼内容に熊の討伐は含まれていない。でも、安全面を考えると熊のことを報告はしないといけない。そうなるとあらたに熊の討伐の依頼が出てしまうかもしれない。

もし、討伐の依頼が出るようだったら、熊たちを人が来ない場所に移動させるしかないのかな。

悩みながら森を出発したが、答えが出る前に街に到着してしまう。到着したときには日は沈み、夕暮れ時になっている。

街に入り冒険者ギルドに向かって歩いていると、ヘレンさんがこちらに小走りで向かってくるのが見えた。

「ユナさん、お帰りなさい。もしかして、もう依頼は終わったんですか？」

「終わったよ。ヘレンさんは？」

「わたしも仕事が終わりましたので、その帰りです。なんだか浮かない顔をしていますが、どうかしたのですか？　ユナさんにはお世話になっていますから、困っていることがあれば話を聞きますよ。もっとも、どこまでお役に立てるか分かりませんが、わたしにできることなら、なんとかしますよ」

「ゴブリンとオークの討伐はできたけど、1つ困ったことがあってね」

ギルド職員のヘレンさんに話してよいものか迷ったが、答えが出ないので話を聞いてもらうことにする。


「……熊ですか？」

「殺したくないんだよね。悪いこともしていないし」

「それはしかたありませんね。ユナさんにとって熊を殺すのは自分を殺すようなものですからね」

別にそこまで大袈裟なものじゃないけど、わたしが言いたいことは伝わったみたいだ。

「でも、熊ですか。確か、数か月前にハチミツを採取しているレムさんが熊のことを話していた記憶があります。もしかすると、その熊と同じかもしれませんね」

「レムさん？」

「蜂の木を管理している人です。ユナさんもあの一面に咲く花を見ませんでしたか」

「うん。綺麗《きれい》だったよ」

「あの花を管理しているのもレムさんなんです。蜂の木の周りに花を咲かせて、ハチミツを採取しています」

あの花は人が管理しているものだったのね。だからあんなに一面に綺麗に花が咲いていたのか。オークが暴れて、少し大変なことになっちゃったけど。

でも、この世界のハチミツはそうやって集めているんだね。

「でも、他の人に盗まれないの？　ハチミツ採り放題じゃ」

「大丈夫です。蜂の木はクリフ様の管理下にあります。ハチミツを売るにはクリフ様の許可が必要になりますから、盗んでもハチミツを売ることはできません」

「蜂の木ってクリフのものなの？」

「どの街でもそうですが、基本、蜂の木は貴重なもののため、領主様が管理をしています。それはこの街でも例外ではありません。その管理を任されているのがレムさんです」

異世界ルールってことか。

「そのレムさんが熊のことを知っているの？」

「前に一度、熊のことを話されているのを横で聞いたことがあります」

「どんな話だったか覚えてる？」

「すみません。わたしが直《じか》に聞いたわけではないので。気になるようなら会いに行きますか？」

「でも、ヘレンさん。仕事は終わったんですよね」

「構いませんよ。ハチミツの件はレムさんに早く伝えたほうがいいでしょう」

ヘレンさんの厚意に甘え、蜂の木の管理をしているレムさんのところに行く。

連れてこられたのはハチミツの看板があるお店、ハチミツ屋さん。でも、店は閉まっているようだ。

「レムさ〜ん」

ヘレンさんがドアを叩《たた》く。

「いますか〜」

ドアをノックしていると、ドアが開き、現れたのは40歳過ぎの男性だった。

「誰だ。ハチミツなら、安く販売はできないぞ」

「レムさん、こんばんは」

「おまえさんは確か、冒険者ギルドの……」

「ヘレンです。今日はハチミツの件で伺いました」

「聞いたよ。ゴブリンじゃなく、オークが現れたんだってな。俺が見たのはゴブリンだったのに」

「その依頼はこちらにいるユナさんが、本日達成されました」

レムさんはわたしのほうを見る。

「『くまさんの憩《いこ》いの店』のお嬢ちゃんが倒してくれたのか」

「わたしのことを知っているの？」

「ああ、ティルミナから話を聞いているよ。『くまさんの憩いの店』のオーナーだろう」

ティルミナさんはこの店からハチミツを購入しているから、わたしのことを知っていてもおかしくはない。

「それに、この街で嬢ちゃんのことを知らない者はいないだろう」

なにそれ？

今の言い方だと街の住人全員がわたしのことを知っていることになるんだけど。

横ではヘレンさんも頷《うなず》いている。

なぜ、頷くの？

「それで、少しお話が聞きたいのですが、よろしいでしょうか？」

「ああ、もちろんだ。中に入ってくれ」

ヘレンさんが尋ねるとドアを開け店の中に通してくれる。店の中に入ると棚の上には商品が並んでいない。やっぱり、ハチミツが採れなくなったせいかな。

さらに奥に進み従業員の休憩室なのか、椅子とテーブルがある部屋に案内される。

「座ってくれ。それで、本当に魔物は倒してくれたのか？」

「倒したけど、1つ問題があって」

「なんだ。また、他の魔物でも現れたのか？」

レムさんの笑顔が一瞬で消えて、暗くなる。

「いえ、魔物はいません。蜂の木の近くにいる熊は知ってますか？」

わたしの代わりにヘレンさんが尋ねてくれる。

「熊？　ああ、あの熊か」

「知っているの？」

「もちろんだ。我々、ハチミツを採取する者にとって、あの熊は命の恩人だからな」

「恩人ですか？」

「過去にゴブリンに襲われているところを救ってもらっている。それは1度や2度じゃない。うちの従業員もゴブリンに襲われているところを助けてもらっている。もしかして、熊を見たのか⁉」

腰を上げて身を乗り出してくる。

予想外の反応だ。

わたしが「見た」と返事をすると、嬉しそうな表情に変わる。

「そうか。生きていたか。あんなにゴブリンがいて、さらにオークだろ。もしかして殺されているかもと思って心配していたんだ。そうか。生きていたか。良かった」

おじさんは本当に嬉しそうに喜んでいる。

「熊は蜂の木を守るために、ゴブリンとオークと戦っていたよ」

「そうなのか⁉ 熊は大丈夫なのか⁉」

心配そうに尋ねてくる。

「子熊ともども、４頭とも無事だよ」

「子熊！ 生まれたのか⁉ こりゃ、皆に教えないといけないな」

本当に嬉しそうに熊のことを話してくれる。その表情を見るとわたしも嬉しくなってくる。

どうやら、熊の件は杞憂《きゆう》に終わりそうだ。

「もしかして、熊たちのことを心配して、ここに来てくれたのか？」

「依頼内容はゴブリン、オークの討伐だったので、熊は討伐しないで戻ってきたから」

「そうか、わざわざすまない。あの熊なら大丈夫だ。危険はない。むしろ、いてくれて助かっている」

「それじゃ、熊があの森にいても、なにも問題はないのね」

「ああ、もちろんだ。あの熊たちが魔物を倒してくれるから、俺たちは安心してハチミツを採取できる。その代わり熊たちがハチミツを食べているときは、俺たちは暗黙の了解で食事の邪魔をしないようにしている」

つまり、レムさんが蜜蜂のために花を用意して、蜜蜂からハチミツを分けてもらう。熊は魔物を退治して、ハチミツを分けてもらうってことなのかな。

「レムさん。このことはクリフ様は知っているのですか？」

ヘレンさんがわたしたちの話を聞いて、疑問に思ったことを尋ねる。

「……いや、知らせてない。話すと討伐されるかと思って、黙っている」

「話しておいたほうがいいですよ」

「だがな」

レムさんは渋る。一般的に熊は凶暴であって、害とみなされる。

魔物討伐は冒険者にさせると言われたら、熊の存在価値がなくなってしまう。わたしとしては魔物を倒さなくても、あの森にいてほしいけど。そうはいかないんだよね。だからといってあの熊を見捨てる選択肢はわたしには存在しない。

「わたしの名前を出していいよ。クリフには貸しがあるから、話は聞いてくれると思うよ」

「ユナさん。クリフ様に貸しがあるって、しかも領主様を呼び捨てって、自分がどんな凄《すご》いことを言っているか、分かってますか？」

ヘレンさんが呆《あき》れたように言う。

確かに、常識的に考えて、貴族を呼び捨てはよくない。でも、孤児院の一件以来、わたしの中ではクリフになっている。今さら変えられないし、クリフ本人もなにも言ってこない。

「もし、クリフが渋ったり、熊の安全を無視するようなことをしたら、わたしに言って、説得するから」

「嬢ちゃん、本当にいいのか？」

「いいよ。もし、それでも熊を討伐するって言ったら教えて、わたしが熊を他の場所に連れていくから」

クリフが討伐すると言えば、クマの転移門を使って親子を安全な場所に移動させればいい。問題はどこに移動させるかだけど。

「それじゃ、ありがたく嬢ちゃんの名前を使わせてもらうよ」

「あと、その熊を大事に思っているなら、依頼を出すときはちゃんと報告をしてください。間違って熊を討伐されても知りませんよ」

ヘレンさんが注意するが、確かにそうだ。知っていれば、ここまで悩まなかった。それにわたし以外の冒険者が熊と遭遇していたら、討伐されていたかもしれない。

「そうだな。それはすまなかった。それと嬢ちゃん。あらためてありがとうな。蜂の木も熊たちも守ってくれて」

「仕事だから、気にしないでいいよ。あの熊たちが安心して暮らせるならなにも言うことはないから」

「ああ、大事に見守っていくよ」

「もし、あの子たちになにかあったら言ってね？　すぐに駆けつけるから」

「そのときは頼む」

レムさんは嬉しそうに頭を下げる。

あの熊の親子が幸せに暮らせるようでよかった。

112 クマさん、絵本作家になる？

「どうして、商業ギルドに行ったユナちゃんが、魔物討伐をしているの？」

ハチミツたっぷりのパンケーキを食べているわたしにティルミナさんが尋ねてくる。

ハチミツはわたしがくまゆるとくまきゅうと一緒に手に入れてきたものだ。

「流れ的に？」

ティルミナさんはため息をつくと諦《あきら》め顔になる。

そんなことを言われても、商業ギルドに行ったら、依頼状況は冒険者ギルドじゃないと分からないっていうし、それで冒険者ギルドに行ったら、ゴブリンのはずがオークで依頼を達成できずに冒険者が戻ってくるところに出くわしてしまった。それで流れでわたしがオーク討伐をすることになった。

「でも、ありがとうね。やっぱり、子供たちに人気の商品だし、販売中止にはしたくなかったの」

「わたしもオーナーらしいことができてよかったよ」

お店のことはモリンさんやティルミナさんに任せっきりだ。たまにはお店のためにも働かないとね。

「ふふ、ユナちゃんはいつでもオーナーらしいよ。わたしもモリンさんも孤児院の子供たちもね、みんな感謝しているんだから」

ティルミナさんからお世辞の言葉をもらい、追加でパンケーキや新作のパンを注文する。

「そんなに食べるの？」

「ちょっと出かけてくるから、そのお土産」

ハチミツも手に入ったから、フローラ様に持っていこうと思っている。

「お土産？　それじゃ、持ち運べるように伝えておくわ」

ティルミナさんもこれから出かけると言う。

「どこに行くんですか？」

「レムさんのところに行って、ハチミツの仕入れ状況を聞いてくるわ。それに価格の話もしないといけないしね」

ティルミナさんはキッチンに声をかけると店から出ていった。

注文したパンケーキやパンは子供たちが運んできてくれる。パンを受け取ってクマハウスに戻り、クマの転移門を使って王都に転移する。

向かう先はお城だ。

お城に向かって歩いていると、クリモニアの街と違って、わたしとすれ違う人はかならずわたしに視線を向けてくる。そう考えるとクリモニアの街も住みやすくなったものだ。

もちろん、クリモニアでも視線を向けられるが、王都ほどではない。

お城に到着すると、門番にギルドカードを見せる前に、「どうぞ」と言われて道を開けられた。門番の仕事がそんなことでいいのかと思うけど、疑われることもなく、怪しい目で見られることもなく、お城の中に入れるわたしとしては楽でいいんだけど。

ただ、気になるのは数人いる門番の一人が、わたしを見ると駆けだしたことぐらいだろう。

あれって、間違いなくあれだよね。

わたしは小さくため息をつき、諦めて目的の部屋に向かう。

何度も通っている通路を通り抜けていく。お城で働いている人たちにすれ違うと挨拶《あいさつ》をされる。お城の外と違って、お城の中ではわたしのことを見ても驚く顔は減っている。もう、お城でもクマの着ぐるみが受け入れられたってことなのかな。

目的の部屋に到着してノックをする。中から女性の声が返ってくる。

「冒険者のユナです」

わたしが答えると部屋の中から20代前半の女性が出てくる。フローラ様の世話係をしているアンジュさん。

「これはユナ様、いらっしゃいませ」

「フローラ様はいる？」

「はい、いらっしゃいます」

アンジュさんは笑顔で中に通してくれる。

「くまさん！」

わたしに気づいたフローラ様が駆け寄ってきて、わたしの腰に抱きついてくる。その頭を撫《な》でてあげる。すると、満面の笑みを浮かべる。

「フローラ様はユナ様がお好きですね」

「うん！　だいすき」

その笑顔に嘘《うそ》はないね。

「アンジュさん、お昼持ってきたけど、大丈夫かな？」

「はい、大丈夫です。料理長には伝えておきます」

今頃、料理長は王族の昼食の準備をしているはずだ。その中にはお姫様であるフローラ様の分も含まれているはずだ。なのにわたしがフローラ様の昼食を持ってきてしまうと、無駄になってしまうこともある。

だから、いつも早めに来て、フローラ様の昼食はいらない旨を伝えてもらうことにしている。

「料理長には謝っておいてね」

料理長の仕事の邪魔をしてしまうのだから、謝らないといけない。

「はい、伝えておきます。でも、先日ユナ様が料理長にお渡ししたレシピを喜んでいましたから、怒ったりはしないと思いますよ」

「ならいいけど。それじゃ、これを料理長に持っていってあげて、新作だから」

クマボックスからモリンさんが作った新作のパンを出してアンジュさんに渡す。

「はい。分かりました。では、わたしは料理長のところに行きますので、フローラ様のことをお願い致します」

アンジュさんは頭を下げて部屋から出ていく。

わたしはフローラ様のほうを見る。

「フローラ様、お腹空《なかす》いてますか？」

「うん、おなかすいているよ」

「それじゃ、少し早いけどお昼にしようか」

わたしはフローラ様を連れて部屋にあるテーブルに移動する。フローラ様は嬉しそうに椅子に座る。わたしはフローラ様の前にパンを並べていく。焼きたてのため、とてもいい匂いが漂ってくる。

「たべていいの？」

フローラ様は目を輝かせながらパンを見る。

「好きなものを食べていいですよ。でも、その前に手を拭《ふ》きましょうね」

わたしは濡《ぬ》れタオルでフローラ様の手を拭いてあげる。

フローラ様がどのパンを食べようか悩んでいると、ドアがノックされ、返事もしていないのにドアが開く。入ってきたのは、いつものメンバーだ。

この国のトップの国王にエレローラさん。それと見知らぬ綺麗《きれい》な女性が一人いる。服装からして、使用人とかではない。ゆったりした綺麗な服装をしている。とても仕事をするような格好ではない。どちらかと言うと、エレローラさん側の人間に近い。

「あら、本当にクマさんがいるわ」

どうやら、女性はわたしのことを知っているようだ。

「おかあしゃま」

フローラ様が女性を見て椅子から飛び降りると、満面の笑みで女性にトコトコと駆け寄る。

お母様？　フローラ様のお母さんってことは、つまり王妃様ってことだよね。

女性はフローラ様を優しく抱きしめる。顔が並ぶと、顔立ちもフローラ様に似ているのが分かる。フローラ様も大人になったら、こんな美人になるのかな。胸もあるような気がする。

わたしがジッと王妃様を見ていると、わたしの視線に気づいた王妃様がフローラ様と一緒に、わたしのところに近づいてくる。

「はじめまして、この子の母親のキティアと申します。この子からクマさんのお話は伺っています」

娘の顔を見ながら挨拶をする。

「ユナです」

「ユナちゃんね。わたしも一緒にいいかしら。いつも、娘から話を聞いて、クマさんに会いたいと思っていたの」

わたしに断ることはできないし、断る理由もない。国王とエレローラさんなんて、すでに椅子に座っている。いつも思うけど。「仕事はいいの?」と言いたくなる。

「それにしても、本当にクマさんの格好をしているのね」

「はぁ」

曖昧《あいまい》な返事になってしまう。

「可愛《かわい》い格好ね」

「かわいい!」

フローラ様まで王妃様の真似をする。そして、フローラ様はわたしに抱きついてくる。

「やわらかい」

顔を擦《こす》りつけてくる。

「ふふ、本当に懐《なつ》いているのね」

わたしがフローラ様を連れてテーブルにつくと、国王とエレローラさんはパンを選んでいた。

「美味しそうなパンだな」

「本当ね。どれにしようかしら?」

「一応、確認するけど、なにしに来たの?」

王妃様はわたしに会いに来た。でも、この2人は用はないはずだ。

「それはおまえさんが来たからだろう」

「それ以外に理由なんてないわよ」

国王とエレローラさんはそんなことを言いだす。それって、理由になっていないよね。

そして、国王はわたしが持ってきたパンを手に取り、勝手に食べ始める。

「美味《うま》いな」

「国王様が平民が出した食べ物を食べてもいいの？」

「そんなの、今さらだろう。おまえさんが本気になれば毒なんて使わなくても、俺の首なんて簡単に落とせるだろう」

「でも、そこは安全に気を使うのが王族でしょう。それにそのパンはフローラ様のために持ってきたんだから、勝手に食べないでください」

「わたし、これがいい」

フローラ様はチーズがとろけたパンを取る。

「それも美味そうだな」

「おとうしゃまたべる？」

フローラ様が国王にパンを出して首を傾《かし》げる。

「ふふ、大丈夫だ。これを食べているからな」

国王は嬉しそうにフローラ様の頭を撫でる。

「それじゃ、わたしはこれをいただいてもいいかしら」

王妃様は卵サンドを手に取る。

「好きなのを食べてください」

「なにか、俺と対応が違わないか？」

流石《さすが》のわたしでも初対面の相手に、そんな振る舞いはしない。まして、相手は王妃様だ。

「それじゃ、わたしも同じものを」

エレローラさんが王妃様と同じ卵サンドを取る。

皆がそれぞれ食べていると、ドアがノックされアンジュさんが飲み物を持って戻ってきた。

そして、なぜかコップが人数分用意されている。

「いつも、娘のためにありがとうね」

「いえ、喜んでもらえるなら、嬉しいですから」

「それにしても、本当に可愛《かわい》らしいクマさんの格好をしているのね。フローラが『くまさん、かわいかった』って話してくれたんですよ」

親子の会話にわたしの話題が出ていると思うと気恥ずかしい。やめてほしいけど、フローラ様にわたしの話をしないでとは言えない。

「それにしても、おまえは面白いことをしているな」

なんのことを言っているのか分からないのでパンをかじりながら首を傾げる。

「トンネルとミリーラの町の件だ。先日クリフが疲れきった顔で報告しに来たぞ」

笑いながら言う。

「クリフはまだ王都にいるの？」

「もう、戻ったわよ。仕事が山積みになっているとぼやきながらね」

わたしの問いにエレローラさんが答えてくれる。

「領主の仕事も大変だね」

「他人事《ひとごと》みたいに言うのね」

だって他人事だもん。

「もしクリフが過労で倒れたら、責任とってね」

「それじゃ、トンネルを塞《ふさ》ぐ？」

そうなればクリフの仕事もなくなるはずだ。

「それは国王として許可はできない。クリフには頑張ってもらうしかないな」

「そういうことなら、責任は国王様にあるってことで」

責任は国王に押しつけることができた。

「あら、それならわたしも夫の手伝いをしにクリモニアに戻ろうかしら？」

「ダメに決まっているだろう。クリモニアには人を送ることになっている。それまでは今いる人間で頑張ってもらう」

「あら、そうなの？　せっかく戻れると思ったのに」

残念そうにするエレローラさん。

わたしはフローラ様の前にパンケーキを出し、ハチミツをたっぷりかけてあげる。

「ハチミツたっぷりのパンケーキですよ。とっても美味しいですよ」

フローラ様は小さな手でフォークを握りしめて、ハチミツがたっぷりとかかったパンケーキを食べる。

物欲しそうにしている大人たちの視線もパンケーキに向いているので、出してあげる。

フローラ様も食べ終わり、満足したようなので、2個目のお土産を出す。

「フローラ様、これをどうぞ」

わたしは1冊の本を差し出す。

本のタイトルは『クマさんと少女　2巻』。

「くまさんのほんだ～」

フローラ様は嬉しそうに受け取ってくれる。フローラ様が本を受け取ろうとした瞬間、後ろに控えていたアンジュさんが前屈《まえかが》みになって覗《のぞ》き込むように首を伸ばした。

「アンジュさん？」

「なんでもありません」

なんでもないって、気になるようだったけど。

「その絵本は前に見た絵本の続きか？」

「フローラ様が気に入ってくれたみたいだから、続きを描いてみたんだけど」

「おまえは多才だな。冒険者としても一流、魔法も一流、料理も上手《うま》い、絵本も描ける」

「絵は趣味程度だよ」

この世にはわたしよりも絵も料理も上手い人なんてたくさんいる。戦いについてはクマ装備のおかげだ。

「それで、ユナに頼みがあるんだが」

「なに？」

「おまえさんが描いた絵本を複写してもいいか？　欲しがっている者が多くてな。いろんな方面から聞かれるんだ」

「欲しがっているって、誰ですか？」

この絵本は世界に1冊しかない。存在を知ることはできないと思うんだけど。

「主にこの城で働いている子供を持つ女性だな。最近では絵本を見た男たちも、子供のために欲しがっているぞ」

その言葉を証明するかのように、アンジュさんがフローラ様の後ろからチラチラと絵本を覗き込んでいる姿がある。

「ユナちゃんの絵は頭に残るのよね。だから、みんな欲しがるのよ。わたしも何人にも絵本のことを聞かれたわ」

「でも、どうしてみんなフローラ様にあげた絵本のことを知っているの？」

さすがにこの部屋の中にはアンジュさんぐらいしか入れないと思うんだけど。

「そりゃ、いつもフローラが嬉しそうに持ち歩いているからな」

「そうなの？」

「天気がいいときは庭園とかで、フローラ様が使用人たちに読んでくださることもありますので」

わたしの問いにアンジュさんが答えてくれる。でも、フローラ様、そんなことをしていたの？

フローラ様相手だと、やめてくださいとは言えない。今も嬉しそうにわたしが描いた絵本を読んでくれている。

「それに持ち歩くと、せっかく描いてもらった絵本が傷《いた》むでしょう。写本を作って、その絵本を持ち歩けば安心でしょう」

エレローラさんが絵本の複写の理由の1つをあげる。確かに、持ち歩けば本は傷む。せっかく描いた絵本が破けたりして、読めなくなるのはかなしい。でも、複写すれば保存することもできる。

幼いときに、大切なものをなくしたり、大事なぬいぐるみを汚したりしたものだ。

「そういうことならいいですよ」

わたしがそう答えると、フローラ様の後ろにいるアンジュさんが嬉しそうにする。

「でも、配るのはお城にいる人の分だけにしてくださいね」

絵本を読まれるのは恥ずかしいので、お城で絵本を欲しがっている人だけにしてもらう。

「どうしてだ？　国中に販売すれば売れるぞ」

「だって、自分の作品が国中に広まるって恥ずかしいじゃないですか」

「今さら、なにを言っているんだ。そんな恥ずかしい格好をしているおまえさんが」

やっぱり、異世界でもこの格好は恥ずかしい格好なの？

最近だと、みんなが普通に接してくれるから、受け入れてくれているものとばかり思っていたけど。

「ユナちゃんの格好は恥ずかしい格好じゃないわ。可愛《かわい》い格好よ」

「くまさん、かわいいよ」

「ええ、とっても可愛らしいですよ」

エレローラさんとフローラ様、王妃様の3人がフォローをしてくれるが、嬉しくないのはなんでだろう。

フローラ様みたいに小さい女の子なら、クマさんの格好は似合うかもしれない。今度、お店のクマの制服を持ってこようかな。

王妃様には喜んでもらえそうだし、国王には嫌がらせになるかもしれない。

とりあえず、わたしの絵本は量産されることになった。

「作ったら、わたしにも分けてもらえますか？」

せっかくだから、孤児院の子供たちに読んでもらうのもいいかもしれない。孤児院には字も読めない小さい子供たちもいる。それなら、せっかく描いたんだから、絵本で字の勉強をしてもらうのもいいかと思った。

「かまわないけど。いくつぐらい必要？」

「10冊ほどあればいいかな？」

「そんなにどうするんだ？」

「そんなに喜んでもらえるなら、孤児院の子供たちにもあげようと思ってね」

「そういうことなら、分かった。エレローラ頼むぞ」

「さっそく、依頼をするわ」

地域《おしろ》限定でわたしの絵本が販売されることになった。

113

絵本　クマさんと少女　2巻

女の子は今日もお母さんを看病します。

薬草を手に入れることができたので、お母さんの病気は少しだけ良くなりました。

これもくまさんのおかげです。

女の子は今日もお母さんのお薬を作るために森に行きます。

女の子は森に来るとくまさんを呼びます。

「くまさん、くまさん」

しばらくすると、木の後ろからくまさんが出てきます。

くまさんは女の子が薬草を採りに行くときについていきてくれます。

くまさんがいれば森の中も安全です。

くまさんは女の子を背中に乗せると、薬草がある場所まで連れていってくれます。

「お母さんは大丈夫？」

くまさんが尋ねます。

「うん、くまさんのおかげでだいじょうぶだよ」

くまさんが話すことができるのは、女の子とくまさんとの秘密です。
「くまさん、いつもありがとうね」
女の子は嬉しそうにくまさんに抱きつきます。
くまさんは返事の代わりに速度を上げます。
そして、あっというまに薬草がある場所に到着します。
女の子はくまさんから降りると薬草を摘みます。
今日もたくさん薬草が採れました。

あるとき、女の子は噂《うわさ》を聞きました。
なんでも、遥《はる》か北の山に虹色に輝く花があるそうです。
その花から取れる雫《しずく》を飲むとどんな病気でも治るそうです。
もしかするとお母さんの病気も治るかもと女の子は思いました。
でも、その花は遠い村の、とても危険なところにあるそうです。
いろいろな人が探したそうですが、見つけることはできなかったそうです。
やっぱり、ないのでしょうか？

ある日の朝、お母さんが苦しみます。
薬を飲ませますが咳《せき》が止まりません。胸を押さえて苦しみ始めます。

妹がお母さんに抱きつきます。

「お母さん！」

お母さんの目がゆっくり開きます。

「ごめんね。ごめんね」

そして、なぜか、謝ります。

女の子にはお母さんが謝る理由が分かりません。

「ごめんね。ごめんね」

でも、何度も何度も謝ります。

お母さん、なんで謝るの？


それから、お母さんはベッドから起き上がれなくなりました。

それでも女の子はお母さんのために薬草を採りに行きます。

それしか、女の子がお母さんにしてあげられることがないからです。

「くまさん、お母さんの病気治らないのかな？」

女の子は泣きそうになります。すると、くまさんが優しく抱きしめてくれます。

とっても温かくて安心します。

「くまさん、虹色の花って知っている？」

くまさんは首を横に振ります。

女の子は噂《うわさ》で聞いた話をくまさんにします。

「北の山にあって、虹色の花なんだって。とっても綺麗《きれい》で、その雫《しずく》がどんな病気も治してくれるんだって。それがあればお母さんの病気も治るかな？」

女の子はポケットに入っている小瓶を握りしめます。


そして、数日後、女の子はいつもどおりに森にやってきます。

すると、そこには薬草がたくさん置いてありました。

「くまさん？」

女の子はくまさんを呼びます。

「くまさん！　くまさん！」

でも、いくら呼んでもくまさんは出てきません。

「くまさん！　くまさん！」

いくら待っても、くまさんは現れません。

女の子は悲しくなりました。でも、薬草を持って帰らないといけません。

女の子は置いてあった薬草を持って家に帰ります。

それから、女の子は毎日のように森に通います。

晴れのときも、曇りのときも、雨のときも、森に行ってくまさんを待ちます。

でも、くまさんはいくら呼んでも、いくら待っても現れません。

それから、女の子のお母さんは話すこともできなくなってきました。
「くまさん……」
苦しむ回数も多くなってきました。
女の子は妹を抱きしめながら、神様に祈ります。
どうか、お母さんを助けてください。
わたしの命をあげますから、お母さんを助けてください。

翌日も女の子は森に行きます。
目には涙のあとをつけたままです。
今日はくまさんを呼ぶ元気もありません。
くまさんがいなくなり、お母さんの病気も治りません。
このまま、森に入って、死のうかと頭に浮かびます。
「くまさん、疲れたよ」
そのとき、奥の草が揺れる音がします。
「くまさん！」
違いました。現れたのはウルフでした。
女の子は逃げだす力も残っていません。
ここで死ぬのもいいかと思いました。

でも、女の子の頭にお母さんと妹の顔が浮かびます。

「ごめんなさい」

知らないうちに口にしていました。

もしかすると、あのときお母さんが言っていた気持ちと同じかもしれません。

死んでごめんなさい。

妹が泣くのが想像できました。

「ごめんね」

泣く妹に謝りました。

ウルフが迫ってきます。もう、終わりだと思った瞬間、横から、何かが飛び出してきます。

くまさんです。

くまさんが、ウルフに襲いかかり、追い払ってくれました。

「くまさん！」

女の子はくまさんに抱きつきます。

「くまさん、くまさん、くまさん、くまさん」

女の子は何度も何度もくまさんの名前を呼びます。

女の子の目から涙が流れ落ちます。

「くまさん、くまさん」

くまさんは女の子を優しく、抱きしめます。

「くまさん、どこに行っていたの」

よく見るとくまさんはいろいろと汚れています。怪我もしています。

「くまさん、どうしたの？」

くまさんは小さな小瓶を取り出します。

この小瓶は女の子が前に持っていたものでした。

それをどこかで落としてしまっていました。

「くまさん、これは？」

「お母さんに飲ませてあげて」

「くまさん、もしかして、薬を取りに行ってくれたの？」

「元気になるといいね」

「くまさん！」

女の子はくまさんに抱きつきます。

そして、何度も何度もくまさんと呼び、泣きます。

「くまさん、ありがとう」

女の子はお礼を言うと、小瓶を握り締めて、駆けだします。

家に入ると、妹が泣いている姿がありました。

「お姉ちゃん、お母さんが」

女の子は妹を抱きしめます。
そして、女の子はお母さんのところに駆け寄ります。
とても苦しんでします。
女の子は握り締めている小瓶の蓋《ふた》を開けて、お母さんの口につけます。
小瓶から透明な綺麗な液体がお母さんの口の中に入っていきます。
すると、お母さんの苦しむ表情が和らいでいきます。
「お母さん！」
ゆっくりとお母さんの目が開きます。
「お母さん！　お母さん！」
女の子と妹はお母さんに抱きつきます。
そんな女の子と妹をお母さんは優しく抱きしめます。
女の子は心の中でくまさんにお礼を言います。
くまさん、ありがとう。

114 クマさん、エレローラさんに頼みごとをされる

「それで、ユナちゃん。わたしからもお願いがあるんだけど」

絵本の話が終わると、唐突にエレローラさんがそんなことを言いだす。

「ユナちゃん、暇よね」

エレローラさんが含みのある笑顔で尋ねてくる。このような笑顔を伴ったお願いには、ろくなものはない。それに人に対して暇とは失礼にもほどがある。昼寝をしたり、フィナやシュリと遊んだり、美味《おい》しいものを食べたり、わたしだっていろいろとすることがある。だから、答えは1つ。

「いえ、忙しいです」

「そんな嘘《うそ》はいけないわ。クリフが『俺が忙しいのにユナは暇そうにしている』って、愚痴を言っていたんだから」

クリフめ、余計なことを。

「わたし冒険者だから、仕事をしないといけないし」

冒険者だから、たまには仕事（暇つぶし）をしないといけない。

「それなら、大丈夫よ。冒険者の仕事だから」

「お店もあるし、孤児院のこともあるから」

お店にも顔を出さないといけない（美味しいものを食べるため）。孤児院にも子供たちの様子を見に行かないといけない（子供たちと遊ぶため）。だから、忙しい。

「お店と孤児院は他の人に任せているって聞いたけど？」

「………」

わたしの情報がダダ漏れだ。絶対にクリフから漏れているよね。

夫婦の会話なら、わたしのことじゃなくて、娘のことでも話してればいいのに。

「それでお願いなんだけど」

「まだ、引き受けるって言ってないんですけど」

無駄と分かっても抵抗してみる。

「聞くだけ、聞いてくれるかな。ユナちゃんには学園の生徒の護衛をしてほしいの」

「生徒の護衛？」

予想の斜め上を行く話だった。

てっきり、魔物を倒すとかそっち方面だと思ったんだけど、違ったみたいだ。

「しばらくすると、生徒の実習訓練があるの。訓練といってもたいしたことはしないわ。近くの村に行って戻ってくるだけ」

「たった、それだけ？」

エレローラさんのお願いだから、もっと面倒なことかと思ったら、簡単なことだった。

「ええ、それだけよ。その間、生徒の護衛をしてほしいの。冒険者ギルドに依頼を出しているけど、都合がつく冒険者が集まらないのよ。参加するのは良家の子女が多いから、それなりの実力者が欲しいの」

「なら、そんな危険なことをさせなくても」

「一応、参加者は成績優秀者のみにさせてもらっているから、ある程度の護身はできるわ。ユナちゃんには、もしものときに守ってほしいの」

「この経験はな、王都の外が危険なことを知り、軽はずみな行動の危《あや》うさ、護衛の大切さを知ってもらう目的も入っている」

エレローラさんの言葉に国王が説明を入れる。

「旅の苦労、馬の管理、夜営の大変さ、魔物の怖さ、仲間への信頼、旅の護衛との信頼関係。どれでもいいから、少しでも学ぶための実習訓練なの」

「理由は分かったけど、それは学園の管轄の仕事でしょう。どうしてエレローラさんが冒険者集めをしているの？」

「あら。わたし、学園の雑用係だからよ」

また、雑用係だ。前回もお城の雑用係とか言っていた記憶がある。本当にエレローラさんの仕事ってなんなんだろう。

「話は分かったけど、別にわたしじゃなくても、その実習訓練まで日にちはあるんでしょう」

「護衛は早めに確保したいのよ。それにユナちゃんが思うほど護衛に適した者はいないのよ。実力もあり、時間もあり、貴族の子供の暴言も受け流せるスキルを持っている人ね。過去に暴言を吐いた生徒がいてね。それに怒った冒険者が生徒を途中で放りだして帰ってきたことがあるの」

「その生徒は？」

「一人が大怪我をしたけど、命に別状はなかったわ。でも、他のメンバーはトラウマを抱えたわ」

「それじゃ、わたしもダメだね。わたしも暴言を吐かれたら半殺しにして、ゴブリンの巣に放り込むよ」

クマの着ぐるみの格好でないと護衛はできないから、バカにされるのは間違いない。

暴言を吐かれても我慢してまで護衛するつもりはない。

もし、クリフから聞いた孤児院のお金を横領した貴族のような子供がいたら、間違いなく見捨てる。助けることはしないと思う。

「わたしの娘もいるからせめて、数回殴るぐらいにしてもらえると助かるわ」

「シアもいるの？」

「ええ、今回の実習訓練に参加するわ。あの子も一応貴族の娘だからね。上に立つ者なら知らないといけないことはたくさんあるわ」

確かに言っていることは分かる。

「ユナちゃんもシアならいいでしょう」

シアの護衛なら問題はない。シアならわたしのことを知っている。バカにするようなことはないはず。

「でも、シアだけじゃないんですよね」

「ええ、だいたい4~5人の護衛になるわね」

そうなると、やっぱり面倒ごとは起こりそうな気がする。

「そもそも、わたしみたいな女の子が護衛するって言って、生徒が納得するんですか？シアを護衛するってことは同い年か、わたしよりも年上ですよね」

普通に考えて、同年代の中では自分が優秀と思っている学生が、同年代のわたしの護衛を了承するとは思えない。まして、わたしの身長は同年代の子よりも下回っている。

「それはわたしの権力で納得させるから心配はないわよ」

この人、権力とか言っちゃったよ。確かに、エレローラさんは貴族だし、お城でも仕事をしてそれなりの地位みたいだ。だからって権力で無理やり納得させるってダメじゃない？

でも、階級社会であるこの世界じゃ当たり前なのかな。

「エレローラだけで十分だと思うが、なんなら、俺からも言ってやろうか」

話を聞いていた国王がそんな物騒なことを言い始める。

国王が命令を出すってことは、元の世界でいえば大統領や総理大臣が命令を出すってことだよね。そんなことになれば、学生じゃ断ることはできない。

「あら、面白そうね。わたしも口添えに加勢しようかしら」

王妃様までそんなことを言う始末。

「わたしもいう〜」

親がそんなことを言うからフローラ様まで真似をする。ダメな大人が3人もいるから、フローラ様の教育に悪影響を与えそうだ。

「別に護衛はわたしや冒険者でなくてもいいじゃない。お城には騎士でも魔法使いでもいるでしょう。その人たちに護衛をさせれば」

「それだと、面白く………じゃなくて、テストの意味がないのよ」

今、この人は面白くないって、言いかけたよ。絶対に面白がっているよ。

「学生の中には親がお城で働いている者もいるから、それだと本当の姿を見ることができないでしょう」

今、考えたよね。考えたよね。

「それに、これは毎年冒険者を雇うことになっているから、変えることはできないの」

話を聞けば聞くほど、面倒にしか聞こえない。

「だから、ユナちゃん、お願い。ちゃんと依頼料は払うから」

「面倒そうだからお断りします」

どうやっても首を縦に振らないわたしに、エレローラさんは違う条件を出す。

「なら、わたしに貸し1つでどう。自分で言うのもあれだけど、わたしに貸しを作れる人はいないわよ」

それは面白い提案だと思うけど、エレローラさんにお願いすることは、なにもないんだよね。

エレローラさんの秘密を聞くとか？

それはそれでいいけど。なにか怖いような気がする。

「クリフに貸しを作るよりも価値があるわよ」

領主のクリフよりも価値があるって、エレローラさん本当に何者なんですかと問い詰めたくなる。

「分かりました。今回だけですよ。でも、1つ条件があるよ」

「半殺しの許可かしら？　でも、ゴブリンの巣の中に放り込むのはやめてね」

「違います」

「それじゃなに？」

「シアにわたしのフォローをするように伝えて」

「フォロー？」

「わたしがキレないように」

「ふふ、了解。それもテストの1つに入れておくわ」

エレローラさんが笑いながら、条件を飲んでくれる。まあ、シアがいるなら大丈夫かな？

「それで、具体的にはなにをすればいいの？」

護衛ってことは守ればいいのかな？

「基本は生徒の身の安全確保をお願い。あとは生徒たちの行動の報告ね」

「報告？」

「たとえばうちの娘が、夜営の準備をサボったとか、魔物が現れたら独断で一人で倒しに行ったとか、護衛をしてくれているユナちゃんの指示に従わなかったとか、そういうことを報告してくれればいいわ」

行動の報告か、試験官みたいだね。まあ、採点をするのはわたしの報告を聞いた先生だけど。

「あと、ユナちゃんに暴言を吐いたら、その報告もお願い。減点対象になるから」

これはたくさんありそうだ。

「魔物が現れた場合の対応は？」

「基本は見守り、危険そうなら助けてあげて」

「生徒はどのぐらい対処できるの？　ゴブリン100体ぐらい大丈夫？」

「そんなのユナちゃんしか無理よ。魔物が護衛対象人数より多い場合はユナちゃんが対処。同等なら見守ってあげて。一応、自衛も実習訓練のうちだからね。出合うことはないと思うけど、もちろん、下級魔物以外が現れたら守ってあげて」

えっと、ゴブリンやウルフは下級だよね。オークはどっちだっけ？

まあ、その辺りはシアに聞けば大丈夫かな？

それから、エレローラさんに実習訓練の日取りなどを聞く。

引き受けちゃったけど、大丈夫かな？

少し不安もあるがしかたない。


話が終わるとエレローラさんはフローラ様から『クマさんと少女　1巻』の絵本を借りて部屋を出ていった。

本当にエレローラさんの仕事は雑用が多いな。でも、国王様とも親しいし、本当に分からない人だ。

国王も王妃様も部屋から出ていき、残ったのはわたしとフローラ様とアンジュさんだけになる。でも、わたしもフローラ様にお別れの挨拶《あいさつ》をして帰ることにする。

「それじゃ、また来ますね」

「くまさん、えほん、ありがとうね」

嬉しそうに新しい絵本を抱きかかえている。

「喜んでもらえて、嬉しいですよ」

「今日はフローラ様のためにありがとうございました」

頭を下げるアンジュさん。

「それから、ユナ様。絵本の件もありがとうございます」

「やっぱり、アンジュさんも欲しかったんだ」

フローラ様が持つ絵本をチラチラと見ていたから、丸分かりだった。

「はい、とても可愛《かわい》らしい絵で、フローラ様に見せていただいたとき、娘にも見せてあげたいと思いました」

「娘さんいるんだ。何歳なの？」

「はい。フローラ様と同い年になります。そのおかげもあって、フローラ様の乳母をさせてもらうことができました」

「それじゃ、絵本はないけど。娘さんにこれを持っていってあげて」

プリンと人気のあるパンを出してあげる。

「よろしいのですか」

「プリンは冷やしてから食べてね。パンはこのままで大丈夫だと思うけど」

「ありがとうございます」

わたしはお城を出ると、王都で買い物をしてからクリモニアに戻ることにした。

やっぱり、王都の住人のわたしに向ける視線は多かった。

115　クマさん、姉妹とお出かけする

王都から戻った数日後、トンネルもある程度完成していると聞いたので、今日はミリーラの町に行こうと思っている。それは、とある食材を手に入れるためだ。一人で行くのも寂しいので、フィナが海を見たがっていたことを思い出し、誘うために孤児院に向かう。

基本、フィナとシュリの2人はいろいろな場所で仕事の手伝いをしている。孤児院で小さな子供の面倒を見たり、コケッコウのお世話を孤児院の子供たちと一緒にしたり、「くまさんの憩《いこ》いの店」を手伝ったり、わたしの魔物の解体をしたり、その日によって異なる仕事をしている。

とりあえず、行方を知っていると思うティルミナさんがいる孤児院に向かう。

鳥小屋に行くと、孤児院の子供たちが卵を集めている姿がある。集めた卵を水で洗い、わたしが土魔法で作った卵ケースにしまっていく。

「みんな、おはよう」

「くまのお姉ちゃん！」

「おはようございます」

「お姉ちゃん！」

わたしが声をかけると、嬉しそうに駆け寄ってくる。

ちゃんと、みんな仕事をしているみたいだ。卵を大切そうに手で持ち、鳥に餌《えさ》を与えたり、鳥小屋を掃除したり、それぞれ自分たちができる仕事をしている。リズさんは子供たちの能力を見て、ちゃんと仕事を分け与えている。

力仕事ができる者は力仕事を、鳥のお世話が上手《うま》い子は、鳥のお世話をしている。みんな、いい子に育っている。これも院長先生とリズさんのおかげだろう。

子供たちは親を亡くし、もしくは親に捨てられ、自分たちは世間からいらないと思われていると思い込んでいた。その子供たちがここまで生き生きとしていられるのは間違いなく2人の功績が大きい。

そのリズさんがやってくる。

「ユナさん、おはようございます」

「リズさん、おはよう。子供たちは大丈夫？」

「みんな、いい子たちばかりだから、大丈夫ですよ。みんな、なにをすればお腹《なか》が膨れるか、分かってますから」

それを教えたのは間違いなくリズさんだ。

「もし人手が足りなかったり、必要なものがあったら言ってくださいね」

「大丈夫ですよ。子供たちもわたしも、ユナさんのおかげで幸せだから。これ以上のものをねだったら罰《ばち》が当たります」

リズさんは本当に幸せそうな笑顔で答える。

「そんなことは言わずに、ちゃんと言ってくださいよ。院長先生とリズさんに、もしものことがあったら大変なんだから」

これは大袈裟なことではなく、本当に2人がいなくなったら、孤児院は大変なことになる。2人は子供たちの親であり、姉であり、大事な家族だ。そんな2人にもしものことがあったら大変だ。

「本当に困ったことがあったら言ってくださいよ」

わたしはリズさんに念を押して、鳥小屋の隣にある小屋に向かう。そこには卵を数えているティルミナさんの姿がある。ティルミナさんの横では手伝っているフィナとシュリの姿もあった。

どうやら、今日は孤児院にいたらしい。

「ユナちゃん、こんなに早くに孤児院にどうしたの？」

わたしは基本、朝は準備中のお店のほうに顔を出して、朝食を食べてから、孤児院に顔を出すことが多い。朝一番でこっちに来ることは少ない。

「ティルミナさんにフィナの貸し出し許可をもらおうと思って」

「あら、ユナちゃんになら、いつでも貸し出すわよ」

「お、お母さん！」

「ふふ、それで、どうしてフィナを？」

ティルミナさんはフィナにポコポコと叩《たた》かれながら、尋ねてくる。

「ちょっと出かけるんだけど、一人だと寂しいからつき合ってもらおうと思って」

「どこに行くんですか？」

「ミリーラの町に行こうと思ってね」

ミリーラの町のことはかなりクリモニアに広まっている。もちろん、フィナたちも知っている。

「フィナは行きたがっていたでしょう？」

フィナは困ったようにティルミナさんとシュリを見る。顔は行きたいと言っている。

「ここはいいから行ってらっしゃい」

「でも……」

仕事があるから、抵抗があるみたいだ。

「大丈夫よ。いつもは一人でやっているんだから」

「お母さん、ありがとう」

フィナは嬉しそうにティルミナさんに抱きつく。

「それじゃ、お嬢様をお借りしますね」

「こんな娘でよかったらいつでもいいわよ」

「お母さん！　ユナお姉ちゃん！」

フィナが恥ずかしそうに叫ぶ。

「お姉ちゃん、いいな」

おっと、シュリが不満げにわたしたちを見る。

シュリを置いていくのは可哀想《かわいそう》だ。

「ティルミナさん、シュリもいい？」

「迷惑にならない？」

ティルミナさんはシュリを心配そうに見る。

「わたし、めいわくかけないよ」

シュリは少し、口を尖《とが》らせて主張する。

「それじゃ、一緒に行こうか？」

「いいの？」

わたしの言葉に嬉しそうにするシュリ。

いつもフィナだけを連れていくのではシュリが可哀想だし、今回は危険なこともない。

連れていっても問題はないだろう。

「ユナちゃん、シュリまでいいの？」

「うん、いいよ」

「2人ともユナちゃんに迷惑をかけちゃダメだからね」

2人は嬉しそうに頷《うなず》く。

これで、とある食材を手に入れるための労働力を手に入れることができた。

「それじゃ、娘さんを数日借りるから、ティルミナさんはゲンツさんと2人っきりで過ごしてね」

結婚したのはいいけど、フィナとシュリがいては2人っきりになれないだろう。いつもティルミナさんにはお世話になっているんだから、たまには恩返しをしないとたまる一方だ。

「ユナちゃん………」

ティルミナさんは真っ赤になって顔を伏せる。


さっそく出かけることにして、小屋を出る。特に準備は必要ないので、このまま出発する。

2人は嬉しそうにしている。

「お姉ちゃん、ユナ姉ちゃん。はやく！」

前を走るシュリ。それを追いかけるフィナ。

さて、ミリーラの町までどうやって行こうかな。シュリもいるけど転移門で移動しようかなと思っていると。

「ユナ姉ちゃん、クマさんでいくの？」

シュリが目を輝かせながら聞いてくる。

「もしかして、乗りたい？」

「うん」

控えめに頷《うなず》く。

シュリにはくまゆるとくまきゅうを見せたり乗せたことはあるけど、くまゆるとくまきゅうに乗ってのお出かけは一度もない。

「それじゃ、クマさんで行こうか」

「うん！」

シュリは満面の笑みになる。２人を連れて街の外に出る。そして、くまゆるとくまきゅうを召喚する。

「くまゆるちゃんだ〜」

シュリはトコトコとくまゆるに近づき、抱きつく。くまゆるは地面に腰を下ろし、シュリの好きなようにさせる。

「シュリ、行くよ。早く乗って」

フィナは妹の背中を押してくまゆるに乗せて、自分も乗る。２人が乗るとくまゆるはゆっくりと立ち上がる。

「うわぁ、たかい」

シュリはくまゆるの上で楽しそうにしている。

「シュリ、暴れないの。くまゆるが可哀想《かわいそう》でしょう」

「ごめんなさい。ごめんね。くまゆるちゃん」

そう言ってシュリはくまゆるを撫でる。仲がいい姉妹を見ていると、心が和むね。わたしもくまきゅうに乗り、ミリーラの町に向けて出発する。

シュリには初めての旅なのでゆっくりと走る。シュリはくまゆるの上が嬉しいのか、元気に騒いでいる。その後ろでは一生懸命にフィナが大人しくするように言っている。

「くまゆるちゃん、もっとはやく」

くまゆるは「くぅ～ん」と鳴くと少しだけ速度を上げる。

「はやい、はやい」

「シュリ、危ないから暴れないの」

はしゃぐシュリをフィナが注意する。

でも、はしゃぐのは長続きはしない。シュリはだんだんと静かになり、船を漕ぎ始める。くまゆるとくまきゅうの上って温かくて、高級毛布のようだから、単調に揺れていると気持ちよくて眠くなってくるんだよね。

「フィナ、少し速度を上げるよ」

「はい」

寝てても落ちないけど、フィナはシュリが落ちないように大事そうに抱きしめる。

くまゆるとくまきゅうは速度を上げる。

「ここは……」

やがてシュリが目を擦《こす》りながら周りを見る。

「あと少しでトンネルだよ」

「トンネル？」

「わたし、聞きました。山に大きなトンネルができたって。それを抜けると海があるって」

「うみ？　もう、うみなの？」

周りを見渡すシュリ。

「もう少しかな」

トンネルに続く森に来ると、森が切り開かれていた。前に来たときは森を抜けたところにトンネルがあったが、トンネルまでの木々は切られ、整地されている。馬車も十分に通れる広さがある。

くまきゅうをゆっくり歩かせ、周りを見渡す。綺麗に整地されている。魔法使いでもいるのかな。

遠くからは木を切り倒す音が聞こえてくる。トンネルに近づくと人がチラホラ見えてくる。クリモニアの街の住人なのか、わたしを見ると手を振ってくる人もいる。それを見てシュリが大きく手を振っているのは微笑《ほほえ》ましい。

トンネルに到着する。トンネルの周辺が一番、整地が進んでいる。周りの木々がなくなり、小屋のような建物も建っている。

そして、一番目立つのがトンネルの横に立つクマの石像だ。デフォルメされたクマが剣を持ってトンネルを守るように立っている。

「クマです」

「くまさんだ」

シュリはくまゆるから飛び降りると、クマの石像に駆け寄る。

「ユナお姉ちゃんこれは」

「フィナ、なにも聞かないで」

わたしがお願いすると、本当に聞かないでくれる。フィナの心遣いが嬉しい。

わたしたちがクマの石像の前で騒いでいると、小屋の中から人が出てくる。

「騒がしいと思ったら、クマの嬢ちゃんか。こんなところにどうしたんだ」

「ミリーラの町に行こうと思ってね。クリフの許可はあるけど、トンネル通っても大丈夫?」

通行カードに無期限のトンネル通行無料と記入されている。

クマの転移門があるから、使用頻度は少ないと思うけど、断る理由はなかったのでもらっている。

「クリフ様から聞いている。でも、まだトンネルの魔石の取り付けは終わっていないから、暗い場所があるぞ。それでいいなら、通ってもいいぞ」

「魔法があるから大丈夫だけど、クリフから聞いているの?」

「一応、ここの監督責任者だからな。クマの嬢ちゃんが来たら通すように言われている」

それなら、ありがたく通らせてもらおう。

「それから、中を通るなら、中で作業をしている奴らがいるから、驚かせないでくれよ。いきなり背後からクマが来たら驚くからな」

確かに、いきなりクマが現れたら驚くよね。

わたしたちはトンネルの中に入っていく。初めのところには等間隔で光の魔石が取り付けられているため、明るい。

光の魔石の他にも緑色の魔石と茶色の魔石も等間隔につけられている。確かに、これだけあるとお金がかかるかもね。

シュリはトンネルが珍しいのかキョロキョロとトンネルの中を見ている。

くまゆるとくまきゅうを走らせていると、光が切れて奥の通路が暗くなっている。

速度を落として進むと、魔石の取り付け作業をしている人がいる。

「なんだ！」

わたしたちに気づいた作業員がわたしたちのほうを向く。

「クマ!?」

「いや、クマの嬢ちゃんだ」

「脅かすなよ……」

なんか、わたしは相手のことは知らないのに相手が自分のことを知っているって変な気分だ。

芸能人や有名人は、こんな感覚なのかな。

「クマの嬢ちゃん、先を行くのか」

「そのつもりだけど、通ってもいい？」

「ああ、かまわないが、見ての通り暗いぞ」

「大丈夫、魔法があるから」

クマのライトを作りだす。

「そうか、でも、気をつけるんだぞ」

「ありがとう」

わたしはお礼を言って、フィナは頭を下げ、シュリは手を振って、作業員と別れる。

この先はクマのライトが照らしてくれる。

シュリは同じ光景に飽きてきたのか、また、居眠りモードに突入する。

速度を上げ、トンネルの出口に向かう。

そして、遠くのほうに小さな光が見えた。

「フィナ、出口が見えたから、シュリを起こしてあげて。トンネルを出ればすぐに海が見えるから」

フィナはシュリを揺する。

「お姉ちゃん？」

目を擦りながらシュリが目を覚ます。

「出口だよ。もうすぐ海が見えるみたいだよ。だから、起きて」

「うん」

シュリは返事をして正面を見る。

くまゆるとくまきゅうは走り、トンネルを抜けた。

116 クマさん、従業員をゲットする

トンネルを抜けると、木が伐採され、遠くに蒼《あお》い海が見えた。こちら側のトンネル付近の伐採も終わり、平地が広がっている。

「あれが海？」

「うみ？」

2人はくまゆるから降りて、遠くに見える蒼い海を見ている。

天気も良く、晴れ渡っており、遠くまで海が見える。

晴れていてよかった。初めて見る海が、空がどんより黒く、雨が降り、風が強く、波が荒れ狂ったものだったら、トラウマになったかもしれない。

3人で綺麗《きれい》な海を見ていると、声をかけられた。

「クマの嬢ちゃんか？」

声がするほうを見ると、小屋のような建物から男性が歩いてくる。

「えーと」

見覚えはありません。

「ミリーラの町のもんだ。いきなりトンネルから出てくるから驚いたぞ」

「お久しぶりです?」

首を傾《かし》げる。

「俺が一方的に知っているだけだ。だから、気にしないでいいぞ。それでどうしたんだ」

「この子たちに海を見せに来たんだよ」

フィナとシュリの頭の上にクマさんパペットを乗せる。

「海を見せにか？　海なんか見て、楽しいか？　クリモニアの領主様も言っていたが、わざわざ遠くから海なんか見に来るのか？　俺には分からんな」

「それは毎日海を見ているからだよ。海を見たことがない人には、感動する景色だよ」

「そんなものか」

男性は納得してない感じだ。

綺麗な景色でも、毎日見れば飽きるのかな。

「2人とも、海はどう」

「はい、凄《すご》く大きいです！」

「きれいです」

「そうか。そう言ってもらえると、俺が褒められているようで嬉しいな。ありがとうな」

男性はフィナとシュリの本心からの言葉に嬉しそうにする。

わたしたちは男性と別れ、ゆっくりと景色を眺めながら町に向かう。

フィナとシュリの2人はずっとくまゆるの上から海を眺めている。

「少し、海に寄っていこうか」

くまゆるとくまきゅうを砂浜へ向かわせる。

砂浜に来ると2人はくまゆるから降りて、波打ち際に向かう。

「大きい」

「これ、全部水ですか？」

「塩水だね」

「塩ですか！」

2人はゆっくりと海に近づく。

「濡《ぬ》れないように気をつけてね」

小さな波が2人を襲う。2人は波打ち際で手に触れる。

「冷たい」

2人は手に触れた海水を舐《な》める。

「本当にしょっぱいです」

「お姉ちゃん、しょっぱい」

2人が舌を出しながら戻ってくるので、クマボックスから口直しに水を出してあげる。

2人は水を飲むと、また海に向かう。

このまま遊んでいると、日が沈んでしまうので、2人を呼び寄せる。

「それじゃ、遅くなる前に町に行くよ」

2人は返事をして戻ってくる。

わたしたちはくまゆるとくまきゅうに乗り、町を目指す。

クリモニアの街がある側同様に、ミリーラの町のほうもトンネルの側の開拓は進んでいる。町までの森林は伐採され、整地されている。所々に木材が山積みされている。あの材木を使って、建物でも作るのかな？

さらに進むと見覚えがある塀が見えてくる。

塀が見えてくるってことは、必然的に中にあるものも見えるようになる。

「ユナお姉ちゃん………」

「くまさんだ」

塀の向こうからクマの顔が見えて、シュリが喜んでいる。

「もしかして、ユナお姉ちゃんのおうちですか？」

「よく分かったね」

当たったから褒めてあげたら、ジト目で見られた。

「ユナ姉ちゃん、くまさんのうちにとまるの？」

「それでもいいけど、美味《おい》しい食事を出してくれる宿屋があるから、今日はそっちに泊まるつもりだよ」

せっかくだから、デーガさんの料理を食べさせてあげたい。わたしの家だといつも食べているものになってしまう。

そして、すぐにミリーラの町に到着する。

くまゆるとくまきゅうを送還して、門番のところに行く。門番は一瞬、驚いた顔をするが中に入れてくれる。町の中を歩いていると、あっちこっちから挨拶《あいさつ》が飛んでくる。

「ユナお姉ちゃん、大人気です」

「ユナ姉ちゃん、すごい」

恥ずかしいので、早くデーガさんの宿屋に向かおう。

宿屋に入ると、相変わらずのガラガラの宿屋。

海も街道も通れるんだから、人がいてもいいはずなんだけど。

「いらっしゃいませ。お泊まりですか？　………ユナさん！」

「お久しぶり」

掃除をしていたアンズがわたしを見て驚く。

「ユナさん、どうしたんですか？」

「この子たちに海を見せにと、欲しい食材を手に入れにかな？」

わたしは後ろにいる2人を紹介する。

「フィナです」

「シュリです」

2人は小さく頭を下げる。

「可愛《かわい》い子たちね」

「それで、わたしたち泊まりに来たんだけど、大丈夫？」

「う～ん、ユナさんも知っていると思うけど、トンネル付近の開発のために、クリモニアから多くの人がお手伝いに来てくれているの。それで、部屋は満室の状態なんです」

「つまり、泊まれないってこと？」

ガラガラだと思ったけど、みんな仕事に行っているだけだったんだね。

「すみません。ユナさんにはお世話になったから、どうにかしてあげたいんだけど。でも、ユナさん。うちに泊まらなくても、あのクマさんの家があるんじゃ」

さすがにクマの家があることは知っているよね。

「この子たちにデーガさんやアンズの美味しい料理を食べてもらおうと思ったんだけど」

「それなら、食事だけでも食べていってください。美味しい料理をお出しします」

「いいの？」

「せめてものお礼です。おとうさ～ん。食事って今から出せる？」

「まだ、仕込み中だ」

「でも、ユナさんが来て」

ドタドタと大きな物音を立てながら奥からデーガさんがやってくる。

「嬢ちゃんが来たのか？」

「デーガさん、久しぶり」

「よく来たな。そっちの子たちは嬢ちゃんの妹か？」

似てもいないのにそんなことを言いだす。

「違うよ。わたしの命の恩人のフィナとその妹のシュリ」

「ユナお姉ちゃん！　その紹介はやめてって、前も言ったよね」

フィナが頬《ほお》を膨らませて怒る。

「ごめん、ごめん。でも、本当のことでしょう」

「わたしが命を救われたのに」

「とりあえず、自己紹介をして」

「フィナです。ユナお姉ちゃんにはお世話になっています」

「妹のシュリです」

2人は頭を下げる。

「俺はデーガ。この宿屋の主人だ。こっちは娘のアンズだ」

「アンズです。フィナちゃん、シュリちゃん、よろしくね」

2人が挨拶をする。

「それで、この子たちにデーガさんの美味しい料理を食べてほしくて来たんだけど。ダメだった？」

「そんなの、大丈夫に決まっているだろう。早く座れ、とびっきりの美味しい料理を作ってやる」

デーガさんは無駄に腕の筋肉を見せつける。

「お父さん……」

アンズは呆《あき》れるように父親を見る。でも、その表情は笑っている。

「おまえは嬢ちゃんに頼むことがあるんだろう。自分でしっかり、頼め」

デーガさんはアンズを置いてキッチンに向かってしまう。

頼みごとってなんだろう。もしかして、クリモニアに来るのを断るとか。

「あのね。ユナさん」

「なに？」

「こないだのお店の件だけど」

「もしかして、悪い話とか？」

「いえ、そうではなくて」

よかった。違ったみたいだ。でも、アンズは少し言い難《にく》そうに目線を下げる。

「その、ユナさんにお願いがあるんです」

「えっとなにかな？」

「ユナさん。盗賊に捕まっていた女性たちのことを覚えていますか？」

もちろん、覚えている。親族を殺され、愛する者を失い。さらに自分たちも酷《ひど》い目に遭った女性たち。救いだしたあと、言葉一つかけることができなかった。

「その女性たちにもお店で一緒に働いてもらうことはできませんか。わたし一人じゃ、大変だし。みんな、この町で育っているので魚も捌《さば》けるから、料理のお手伝いもできます。それにわたしも一人で行くよりも、知り合いがいたほうが嬉しいし……」

だんだんと声が小さくなってくる。

自分が無理なことを言っていると思っているのだろう。

人が増えれば、それだけ人件費がかかることになる。親が宿屋経営をしているから分かるんだろう。

でも、そんな小さいことを気にするわたしではない。逆に料理ができる人が確保できて嬉しい限りだ。

「でも、どうして？」

「ユナさんも知っていると思いますが、みんな、家族を失っています。この町に暮らしていては悲しいことを思い出してしまいます。だからといって、この町を出ていきたいと思っても、他の街に知り合いも、お金も、仕事もありません。でもわたしがクリモニアの街に行くことが耳に入ったらしくて、頼まれたんです」

そんな理由があるなら、断る理由はない。

「いいよ。何人いるの？」

「いいんですか!?」

「いいよ。わたしもアンズ一人だけじゃ大変だと思っていたし。もちろん、手伝いはつけるつもりだったけど、魚介類についてなにも知らないから、一から教えることになるから、アンズに負担がかかると思っていたんだよ。魚を捌ける人に来てもらえるなら、わたしも助かるよ」

「ありがとうございます。人数は4人です」

「4人ね」

それなら、お店は大丈夫そうだね。一人ぐらい、孤児院を手伝ってくれる人がいればいいんだけど。

「多いですか？」

「大丈夫だよ。ただ、もしかすると違う仕事をしてもらうかもしれないけど」

「違う仕事ですか？」

「アンズには料理の責任者になってもらうつもり。だから、別の人にお金の管理、食材の管理をしてもらうつもり。一人じゃ大変でしょう」

「そうですね。料理を作るだけじゃなくて、お金の管理や仕入れの仕事があるんですよね。お金はお父さんが、食材はお兄ちゃんが捕ってきた魚を調理してましたけど、これからは自分でやらないといけないんですね」

「他の野菜や肉の食材についてはクリモニアにも詳しい人がいるから大丈夫だよ。魚介類に関しては手伝いたくても、詳しくないとできないでしょう。アンズがどんな食材が必要か分からないからね。だから、手分けして、仕事をしてもらうってこと。もしアンズの仕事の手伝いをしないで、アンズに仕事を押しつける人だったら、追い出すよ。そこだけは譲れないよ。わたしはアンズが大事だから」

「ユナさん……ありがとうございます。でも、そんな心配はないと思います。みんないい人たちですから」

わたしの心配をよそに、笑顔で答える。

「それじゃ、わたしもお父さんの手伝いをしてきますね」

アンズは嬉しそうにお礼を言うとキッチンに向かう。

しばらく待っているとキッチンから美味しそうな匂いが漂ってくる。デーガさんが、料理を運んでくる。

「待たせたな。アンズから話を聞いた。他の者ともども娘のことも頼む」

「娘さんはもらっていくね」

わたしが冗談で言うと、

「おお、持っていけ！　ついでに料理ができる婿《むこ》でも見つけてくれ」

「お、お父さん！」

アンズが真っ赤な顔をしてデーガさんを叩く。

この町に恋人はいないのかな。いたら可哀想《かわいそう》だったけど、今の話からするといないみたいだね。

可愛くて、料理ができるのに。でも、アンズに恋人ができない理由は隣に立つ筋肉のせいかもしれない。

117 クマさん、大きなクマハウスに行く

フィナとシュリはデーガさんの料理を美味《おい》しく食べている。そんな2人の様子をデーガさんとアンズが嬉しそうに見ている。

「ユナお姉ちゃん、おいしいです」

「おいしい」

「そう、言ってもらえると嬉しいぜ」

デーガさんは満足げな顔をしている。

「それでユナさん、さっき言ってた欲しい食材ってなんですか?」

「タケノコだよ」

「タケノコ?」

「名前からすると竹か?」

食材に興味を持ったデーガさんが話に入ってくる。

「うん、その竹。こないだ、町の近くをウロウロしていたときに見かけたから、採りに来たの。クリモニアの近くじゃ、ちょっと見かけなかったから、採りたてのタケノコでも食

べようと思ってね。せっかくお米もあるし、タケノコご飯でも作ろうかと」

わたしが説明するが、アンズは首を傾《かし》げている。

「ユナさん、竹って緑色で、硬くて、中が空洞になっているあれですよね」

「そうだよ」

「あんな、硬いものを食べるのか？」

その言葉を聞いて納得した。竹が土から育つ前の状態を知らないんだ。誰も竹が育つ前に掘り起こそうとは思わなかったみたいだ。

わたしも知識で知らなかったら、土に埋まっている竹を食べようとは思わない。

「違うよ。タケノコ。竹が育つ前の状態の竹だよ」

「そんなものが食べられるのか？」

「美味しいよ。お米と一緒に炊いてもいいし、そのまま茹《ゆ》でて食べてもいいし、他の食材と一緒に炒めてもいいし。いろいろな食べ方があるよ」

一番の目標はタケノコご飯だ。

「本当に美味しいのか？」

「美味しいよ」

「よし、分かった。俺も行く！」

デーガさんがそんなことを言いだす。

「お父さん！」

「料理人の俺が知らない食材が近くにあるんだ。採りに行かないでどうするんだ。もしクラーケン騒ぎのときに知っていれば、食料になったんだぞ」

確かにそうかもしれない。タケノコの知識があれば少しは食べ物に困らなかったかもしれない。

「それなら、わたしもタケノコ採りに行きたいよ」

「それはダメだ。俺が採りに行く。そんな美味しい食材が近くにあったのに知らなかったなんて、料理人として、許されない。今回は俺が行く。こればかりは娘でも譲れん。嬢ちゃん、いいか?」

「いいけど。喧嘩《けんか》はしないでよ」

タケノコぐらいで親子喧嘩はやめてほしい。

「でも、お父さん。宿の食事はどうするの?」

「おまえも料理人を目指すんだろう。俺が一日いないぐらい大丈夫だろう」

料理人を目指すんだろうと言われたら、アンズも言い返すことができないみたいで、口を閉じる。

でも、タケノコ掘りは一日はかからない。

テレビでやっていたタケノコの番組で見たことを思い出す。タケノコを掘るのは朝がいいと言っていた。味が美味しく、香りもいいと聞いた覚えがある。日に当たると、苦みが出るから、掘るのは朝方の時間帯が勝負だと。

タケノコを掘るなら、午前中ぐらいまでがちょうどいい。

「タケノコを採りに行くのは日の出る早朝だから一日はかからないよ」

「そんなに早くか」

「そのほうが美味しいタケノコが採れるからね」

「なら、アンズ、朝の仕込みは手伝ってやるから、朝食は一人でやってみろ。嬢ちゃんのところで店を開くんだろ」

「うぅ、お父さん、ズルイよ。そんなこと言われたら、できないなんて言えないよ」

アンズは悔しそうにする。

「ユナさん、今度はわたしも連れていってくださいね」

それはかまわないので、約束をする。

「それで、そのタケノコを手に入れるのに必要なものはあるか？」

「土を掘り起こすから、鍬《くわ》があるといいかな。もし、見ているだけなら、わたしが魔法で掘り起こすけど」

「いや、アンズにも言ったが経験だ。自分で掘ってみる」

デーガさんやアンズと会話をしていると、仕事を終えた宿泊者たちが帰ってくる。

わたしの格好を見て驚くので、クマハウスに行くことにする。

デーガさんとは明日の朝、日の出の時間に町の入り口で待ち合わせすることになった。

今日泊まるクマハウスにやってくる。

「ユナお姉ちゃん、大きいです」

「でっかい、くまだ～」

4階建てのクマハウスを前に、フィナたちの第一声がそれだった。

「でも、なんでこんなに大きいんですか？」

「今度、孤児院の子供たちも海に連れてきてあげようと思ったら、部屋が大きくなってね」

「ユナお姉ちゃんは優しいです。本当は孤児院のみんなが働いているのに、わたしたちだけ連れてきてもらって、少し、罪悪感があったんです。でも、ユナお姉ちゃんはちゃんと、みんなのことを思っているんですね」

「そんな、崇高な考えなんてないよ。みんな一生懸命に働いているんだから……。そう、社員じゃなくて、従業員旅行みたいなものだよ」

「従業員旅行？」

「そう、働いているみんなに、わたしが感謝をする旅行だよ」

「どうして、ユナお姉ちゃんがわたしたちに感謝するんですか？」

フィナは不思議そうに尋ねてくる。

「だって、みんな、鳥のお世話をしたり、わたしのお店で働いてくれているでしょう」

「違うよ。ユナお姉ちゃんのおかげで、仕事があって、お腹《なか》いっぱい食べられて、温かい寝る場所もあるんです。もし、ユナお姉ちゃんのところで働けなかったら、食べるものにも、寝る場所にも困っていました。わたしもお母さんも孤児院のみんなも、ユナお姉ちゃんに働かせてもらえて、感謝しています」

う〜ん、どうもわたしが思っていることが伝わらない。

これが、文化の違いなのかな？　説明が難しい。

フィナの考えは仕事を与えてもらって、お金も食事も寝る場所も提供してもらっているのに、それ以上の感謝は必要ないと思っている感じだ。

これが、日本で育ったわたしと異世界で育ったフィナの考えの差かな。

「ありがとう。でも、わたしがみんなに感謝しているからするんだよ」

フィナの頭を撫《な》でてあげる。

「それじゃ、早く中に入ろうか。シュリが中に入りたそうにしているし」

シュリがクマハウスの前を駆け回っている姿がある。

楽しそうにしているシュリを連れてクマハウスに入り、1階の部屋の説明をする。

「トイレとか水が飲みたかったら1階にあるから使ってね」

フィナとシュリが楽しそうに部屋の中を見ている。

「広いです」

まあ、1階は孤児院の子供たちが全員食事できるほど広い。

もっとも、冷蔵庫は空っぽでなにも入っていない。

次に2人の部屋に案内する。

「ユナお姉ちゃん、2階はなにがあるんですか？」

「大部屋だよ。今回はそこは使わないから気にしないでいいよ」

それから2階の大部屋はスルーして、3階のわたしの部屋やお客様用の部屋に案内する。

「2人ともこの部屋を使って」

「広いです」

3階の部屋はそれぞれが広く作られている。

「ここでねるの？」

わたしたち以外にはいないので2人にはこの部屋を使ってもらう。

「ユナお姉ちゃんは？」

「隣の部屋だよ」

隣のわたしの部屋に移動する。大きなベッドとテーブルと椅子がある。

クリモニアで購入したものを転移門で運んで設置している。

ちなみに、クマの転移門は内扉で繋《つな》がっている隣の部屋に設置してある。誰かに見られでもしたら、説明ができないからね。

「それじゃ、明日は早いから、お風呂に入って今日は早く寝よう」

「もう、寝るの？」

シュリはもう少し遊びたいみたいだ。

「2人とも疲れているでしょう。それに明日は早いからね。もし、寝坊したら置いていくよ」

そんなわけで4階にある風呂場にやってくる。風呂場はちゃんと男性と女性に分かれている。のれんにはそれぞれ「男」「女」と文字が書かれている。のれんはクリモニアで作ってもらった。そして、「女」と書かれたのれんをくぐり、脱衣所に入る。

「ここで服を脱いで、奥がお風呂だよ」

2人は備えつけの脱衣かごに服を入れ、風呂に向かう。

わたしもクマさんの服を脱ぎ、後を追う。

「うわあ、大きい。お外も見えるよ」

シュリがトコトコと歩いていく。

「あれ、ユナ姉ちゃん。お湯入っていないよ」

シュリに言われて気づく。浴槽にお湯が張ってない。

当たり前のことだ。誰も使っていないし。今、帰ってきたところだ。

わたしはお湯が出るクマの石像のところまで行き、クマの手につけられている魔石を調整する。するとクマの口からお湯が出てくる。反対側にもクマがあるので同じようにお湯を出す。

どのくらいでお湯がたまるかな？

とりあえず、いつまでも裸で立っているわけにはいかないので、先に体を洗うことにする。

「2人とも体と髪を先に洗うよ」

体を洗っている間にお湯がたまればいいけど。

「シュリ、外を見ていないで体を洗うよ」

フィナが外を見ているシュリの手を引っ張って洗い場に連れていく。

わたしもクマの口から出る湯の温度を調整すると、洗い場に向かう。

ゴシゴシと洗っていると、フィナとシュリがやってくる。

「どうしたの？」

「ユナお姉ちゃんの髪は長くて綺麗《きれい》です」

「ユナ姉ちゃん、きれい」

2人がわたしの髪に触る。

「ただ、長いだけよ」

「髪を洗うの、わたしがやります」

「わたしもやる～」

「別にいいよ。一人でもできるから」

長年つき合ってきた自分の髪だ。一人で洗える。

「ユナお姉ちゃんにはお世話になっています。わたしがユナお姉ちゃんにできることはあまりないから、やりたいんです。でも、迷惑だったら言ってください」

純粋な目で見てくる。心が濁っているわたしには眩《まぶ》しい。そんな目で見られたら断ることはできない。

「それじゃ、お願いしてもいい？」

「はい！」

「うん！」

2人は仲良くわたしの後ろに座り、髪の毛を念入りに洗ってくれる。

「こんなに長くなるのに何年かかるんですか」

いつから伸ばし始めたか覚えていない。髪型に興味もなかったので、そのままにしていたら今に至っただけだ。

「わたしもユナお姉ちゃんぐらいまで髪を伸ばそうかな」

「わたしものばす～」

自分の髪を触るフィナ。

手を上げて宣言をするシュリ。

「手入れが面倒だよ」

そんな会話をしながら、わたしたちは洗い終え湯船に向かう。

「ユナ姉ちゃん。お湯が半分しかないよ」

お湯は半分ほどしかたまっていない。いや、半分もたまっていないかもしれない。

でも、湯船は広いから足を伸ばせば大丈夫かな？

フィナとシュリは寝るように入ると、十分に体がお湯に浸かる。少し大きいわたしではダメかと思ったけど、フィナたち同様に寝ればわたしの体も浸かるほどのお湯はたまっていた。

足を伸ばし、体を沈ませて肩が浸かるまで沈ませる。やっぱり、足が伸ばせる風呂はいいね。

フィナもシュリも気持ち良さそうに入っている。風呂は人類の最高の文化だね。

シュリは外を見たり、お湯が出るクマの口に手を入れたりして遊んでいる。それを一生懸命に止めているフィナの姿がある。

しばらく、なにも考えずにお風呂に浸かっていると、シュリが出たいと言いだす。

「お姉ちゃん、あつい」

シュリは顔を真っ赤にしている。

「ユナお姉ちゃん、先に上がっていいですか？」

「いいよ。ドライヤーが置いてあるから、しっかり髪を乾かすんだよ」

「はい」

フィナはシュリの手を引いて風呂場から出ていく。

わたしもしばらくお湯に浸かり、風呂を上がる。

脱衣所に行くと、フィナがシュリの髪をドライヤーで乾かしているところだった。

シュリは眠そうにしている。

「はい、終わったよ」

「ありがとう。お姉ちゃん」

シュリは目を擦《こす》る。眠そうだ。

その横でフィナは自分の髪を乾かし始める。

わたしは体を拭《ふ》き、白クマに着替えて、腰よりも長い髪を乾かしていると、フィナが近寄ってくる。

「ユナお姉ちゃん、先に部屋に戻ってもいいですか？」

フィナの後ろでは眠そうにしているシュリがいる。さっきまで元気だったけど、疲れていたみたいだ。

「いいよ。温かくして寝るんだよ。明日は早いからね」

「はい。おやすみなさい」

「ユナ姉ちゃん、おやすみ」

「おやすみ」

フィナは眠そうにしているシュリの手を引っ張って、脱衣所を出ていく。わたしは一人、髪の毛を乾かしてから部屋に戻る。

窓から外を見ると綺麗な星空が見える。異世界に来てよかったと思う瞬間だった。

あのまま元の世界で引き籠《こ》もっていたら、異世界に来られなかったら、絶対に見られなかったものだ。

お風呂で火照《ほて》った体を夜風で冷ますと、明日も早いのでくまゆるとくまきゅうを召喚して寝ることにする。そして、隣の部屋で寝ている2人に心の中で「おやすみ」と言って布団に潜り込んだ。

118　クマさん、タケノコを掘りに行く

寝ていると、ドアが申し訳なさそうに小さくノックされる。目を開いて起き上がる。窓を見るが日はまだ昇っていない。昨日、早く寝たおかげで眠気はない。ドアがゆっくりと開き、誰かが入ってくる。

「ユナお姉ちゃん、起きてますか？」

小さな声でフィナが話しかけてくる。

「起きているよ」

正確には今、起きたんだけど。

「ユナお姉ちゃん、おはようございます」

「おはよう。シュリは？」

「昨日、早く寝たおかげで起きてます」

それはそうか。いつも、ティルミナさんと一緒に早く起きて、孤児院で仕事のお手伝いをしているんだから、起きれないとしたらわたしのほうだろう。

「着替えたら行くから、下で待ってて」

フィナには先に下に行ってもらい、わたしは黒クマに着替える。ベッドで丸くなっているくまゆるとくまきゅうを送還する。

「お待たせ」

外に出るとフィナとシュリが海を見ている姿がある。

これから、朝日が昇ってくるのかな?

「2人とも寒くない?」

「大丈夫です」

「うん、だいじょうぶ」

わたしはクマの着ぐるみのおかげで気温が分からないんだよね。

「寒かったら言ってね」

2人は頷《うなず》き、町の入り口に到着するとデーガさんがすでに立っていた。手には大きな鍬《くわ》が握られている。

「デーガさん、おはよう」

わたしが挨拶《あいさつ》するとフィナたちもデーガさんに挨拶をする。

「おう、それじゃ、さっそく行くか」

デーガさんは鍬を肩に担ぎ、竹林がある場所に向かう。

「宿屋のほうは大丈夫なの?」

「ああ、昨日の夜から準備したからな。あとは調理するだけだから、アンズだけでも大丈夫だ。もし、できないようだったら、嬢ちゃんのところに行かせないで、修業のやり直しだな」

それは困る。

アンズが1人でできることを祈ろう。

それでやってきた竹林。立派な竹がたくさん生えている。

「本当にこんなものが食えるのか？」

デーガさんは硬い竹をコンコンと叩《たた》く。

「食べられるのは土から出てきていない竹だけどね」

わたしはあたりを見渡して、試しに土が膨れ上がっている場所を探す。ここかな？　土魔法で掘り返す。当たりを引いたらしく、大きなタケノコが埋まっていた。それを上手に掘りおこす。

「それがタケノコか。確かに柔らかいな」

デーガさんがタケノコを受け取り眺めている。

「その皮をむいてアクを抜けば食べられるよ」

「よし、分かった。地面を掘ればいいんだな」

デーガさんは鍬を持って竹林の奥に歩いていってしまう。

掘り方分かるのかな？

「ユナお姉ちゃん。これ、掘るの？」

フィナがタケノコを見て聞いてくる。

「そうだよ。食べると美味しいよ」

「分かりました。わたし頑張ります。でも、わたし掘る道具持ってきてないです」

「大丈夫。2人にはくまゆるとくまきゅうとペアになってもらうよ」

わたしはくまゆるとくまきゅうを召喚する。

「くまゆるちゃん、くまきゅうちゃん！」

シュリが駆けだす。

「2人とも、タケノコの場所は分かる？」

くまゆるとくまきゅうに尋ねると「くぅ〜ん」と元気に鳴く。さすが動物、っていうか、召喚獣？

「それじゃ、フィナはくまゆると一緒に、シュリはくまきゅうと一緒についていって」

「くまゆる、お願いしますね」

「くまきゅうちゃん、がんばろうね」

フィナはくまゆるの首筋を優しく撫《な》でる。シュリはくまきゅうに飛びつくように抱きしめる。

「「くぅ〜ん」」

くまゆるとくまきゅうは鳴く。

「くまきゅうちゃん。お姉ちゃんにまけないようにがんばろうね」

「わたしだって負けないよ。ねえ、くまゆる」

2人は別方向にくまたちを連れていってしまう。

それじゃ、わたしはこのあたりを掘ろうかな。

わたしは周辺を歩きながら、土が僅《わず》かに盛り上がっているところを掘っていく。

ハズレもあるが、適度に当たりを引く。

その間もフィナとシュリが小さな体でタケノコを運んでくる。

大きなタケノコや小さなタケノコ、いろいろな大きさがある。

2人は何度も運んでくるがデーガさんは一度も戻ってこない。

掘り当てられてればいいけど、話も途中で行っちゃうから、タケノコを見つけるコツを説明できなかったから心配だ。

デーガさんのことを気にしながら掘り進めていく。あまり、採りすぎるのもあれだから適度に採ったところでやめる。次にフィナとシュリが戻ってきたとき、タケノコ掘りの終わりを告げた。

「お姉ちゃんに負けた〜」

シュリが残念そうにする。

「シュリはちょっと、離れすぎたのが敗因だね」

「奥に行けば、たくさん採れると思ったのに」

フィナはそれほど離れていないところで掘っていたけど、シュリは少し離れた場所で

掘っていた。それでタケノコを運ぶ距離が増え、フィナに負けてしまった。

「今度勝負するなら運ぶ距離を考えないとダメだよ」

「うぅ」

シュリは頬《ほお》を膨らませて、パートナーのくまきゅうに抱きつく。

「くまきゅうちゃん、ごめんね。わたしのせいで負けちゃって」

くまきゅうは気にするなって言っているのか、シュリの頭に手を軽く乗せる。遠くから見たら、襲っているように見えるかもね。

それにしてもデーガさん遅いな。どこまで採りに行っているんだろう。

探知スキルを使ってデーガさんの位置を確認する。そんなに遠くに行っていない。

「ちょっとデーガさんのところに行ってくるから、２人は待ってて」

フィナたちに留守番を任せてデーガさんのところに向かう。

デーガさんのところに行くと無数の掘った穴がある。さらに今も穴を増やしているデーガさんの姿がある。

「デーガさん、なにをしているの？」

「なにって、タケノコを掘っているんだが、なかなか見つからない」

やっぱり、このおじさん適当に掘っていたよ。

「デーガさん、タケノコを見つけるにはコツがあるんだよ」

「そうなのか！　なら早く言ってくれ」

「教える前にデーガさんが、一人で行っちゃったんでしょう」

「そうだったか？」

「そうだよ。タケノコの見つけ方は地面をよく見て、土が僅かに盛り上がっているところを掘るんだよ」

わたしはあたりを見渡して、僅かに土が盛り上がっているところを見つける。

「デーガさん。ここ、土が盛り上がっているでしょう」

「ああ、確かに」

「掘ってみて」

デーガさんはわたしに言われるまま、掘っていく。

「おお、本当にあるぞ」

デーガさんはタケノコが折れないように鍬を振る。

掘り進めると、しだいにタケノコの全体が見えてくる。埋まっていたのは意外と大きなタケノコだった。

「大きいな」

デーガさんが筋肉に物を言わせて、タケノコを掘り出すことに成功する。

でも、タケノコ掘りも終了だ。フィナとシュリのおかげでかなりの数を確保することができた。

日も昇ってきているので、デーガさんに帰ることを伝えると、

「まだ、1つしか採っていないぞ」

「時間的に終了だよ。これ以上採っても、味が落ちて美味しくないよ」

確か、直射日光に当たるとえぐみが出ると聞いた記憶がある。実際に掘ったことがないから、テレビやネットからの知識だ。

味の説明をするとデーガさんは残念そうにするが、帰ることに素直に従ってくれる。

「美味しくないものを掘ってもしかたないからな」

料理人として、味が落ちるものはお客様に提供できないと思ったみたいだ。

「とりあえず、たくさんありますから、大丈夫だよ」

タケノコは全てクマボックスにしまい、宿に戻る。

宿屋に到着すると、アンズが疲れた様子で、テーブルにうつ伏せに倒れていた。

「アンズ？」

「ああ、ユナさん。お帰りなさい」

起き上がるアンズ。

「一人で乗り切ったみたいだな」

「どうにかね。でも、もうしたくないよ」

「そうだろう、そうだろう。でも、これができないと一人前になれんぞ」

「頑張るよ」

椅子から立ち上がるアンズ。

「それで、タケノコは採れたんですか？」

クマボックスからタケノコを1本取り出す。

「これがタケノコですか？」

「それじゃ、お昼に食べるように処理しちゃおうか」

デーガさんとアンズにアク抜きを教えて、お米を用意する。

「まだ和の国の船は来ていないんですか？」

「まだ、来ていない。だから、米やいろいろなものが入ってこなくて困っている。クリモニアの領主様のおかげで、小麦粉は運んでもらっているから、食べ物は問題ないが、どうしても、和の国の食材が恋しくなるからな」

お米がないとなると、魚にパンか。わたし的にはあり得ない組み合わせだ。

刺身とパンを想像してみる。うん、合わないね。

でも、フィッシュバーガーは作ると美味しいかな？　あれはソースが美味しいんだよね。

魚も手に入るし、作れるようだったら、今度作ってみようかな？

でも今は、目の前にあるタケノコをいかに美味しく食べるかのほうが最優先事項だ。

タケノコのアクを取ったわたしは、メインのタケノコご飯を作ったり、炒めものを作ったり、味をつけて茹《ゆ》でたり、タケノコ尽くしの料理を作っていく。

「嬢ちゃん、手馴《てな》れているな」

「ユナさん、上手です」

「料理人の2人にそう言ってもらえると嬉しいよ」

わたしは包丁でタケノコを切っていく。

「こんなに料理が上手《うま》いなら、わたしがいなくても」

「わたし、魚は上手に捌《さば》けないからね」

「そうなんですか？」

「調理方法は知っているんだけど、あまりやったことがないから、アンズが来てくれないと困るよ」

知識では知っているけど、魚を捌いたことはあまりない。

「それを聞いて安心しました。ユナさんにも苦手なことがあるんですね」

「たくさんあるよ。冒険者なのに、魔物の解体はできないし」

「そうなんですか？」

「だから、解体はギルドか、フィナに任せちゃうよ。フィナは解体が凄《すご》く上手《うま》いからね」

「フィナちゃん、小さいのに凄い」

それは本当に思うよ。

わたしたちがそんな会話をしながら料理を作っていると、シュリがキッチンにやってくる。

「ユナ姉ちゃん、おなかすいた」

そういえば朝食も食べずにタケノコ掘りをしていたんだ。お腹も空くよね。

「もう少しでできるから、待ってて」

「うん、わかった」

シュリは素直にキッチンから出ていく。素直でいい子だね。

それじゃ、早く作りますか。わたしは料理を作る速度を上げる。

そして、でき上がった料理をテーブルの上に並べる。

「美味しそうです」

「きょうはしろくないの？」

シュリはタケノコご飯を見て尋ねる。

「シュリが採ってくれたタケノコが入っているからね。美味しいから食べてみて」

シュリは頷いて、タケノコご飯を口に運ぶ。

「おいしい」

「はい、美味しいです」

シュリとフィナが美味しそうに食べてくれる。

美味しく食べてくれると作ったほうも嬉しいね。

「俺たちもいただいていいか？」

「ちゃんと人数分、用意してあるよ」

人数分の料理をテーブルに並べる。

もちろん、わたしの分もあるので一緒に食べる。

「うまいな。それに柔らかい。あの竹がこんなに柔らかいのか」

「育っちゃうと硬くて食べられないけどね」

「ユナお姉ちゃん、美味しいです」

「………」

シュリは黙々と口に運んでいる。お腹が空いていたみたいだ。

「なんだか、わたしよりもユナさんのほうが料理人みたいです」

タケノコ料理を食べながら、アンズがそんなことを言う。

「お米が入ってくればタケノコご飯を店でも出すんだけどな」

デーガさんが料理を食べながら、そんなことを言いだす。

「お米がなくても、タケノコは美味しいよ」

「そうだな。他の料理も十分に美味しい。でも、本当にいいのか？　あんなにタケノコをもらって。もらえる分には助かるが」

デーガさんは1本しか採れていない。

わたしは魔法で採り、フィナ、シュリはくまゆるとくまきゅうのおかげでたくさん採った。

「いいよ。この子たちのおかげでたくさん採れたから。欲しかったら、また採りに来るよ。それに掘るの大変でしょう？」

「確かに掘るにはコツがいるな。でも、今度は大丈夫だ。嬢ちゃんにいろいろ教わったからな」

それなら、今度来たら、タケノコ料理を食べることができるかもしれない。

わたしたちが食事を終えてしばらくすると、昼食を食べに来る人たちが集まってくる。

デーガさんたちはこれから忙しくなるので、邪魔にならないようにわたしたちは宿屋を後にした。

119　クマさん、船に乗る

タケノコ尽くしのお昼ご飯を食べ終えたわたしは、フィナたちを連れて町を散策することにする。

「美味《おい》しかったです」

「まだタケノコはたくさんあるから、ティルミナさんや孤児院のみんなにも作ってあげようね」

「はい！」

町を歩いていると、男どもが見たら羨《うらや》ましがるハーレムパーティーが歩いていた。

ハーレムリーダーのブリッツを先頭に、綺麗《きれい》なローザさん、小柄で可愛《かわい》いラン、凛々《りり》しい女性剣士のグリモスたちだ。

「ユナちゃん、発見！　デーガさんから、こっちにいるって聞いていたよ」

ローザさんたちがやってくる。

「ローザさんたちは、まだこの町にいたんだね」

食料の護衛が終わったら、町から出ていくと思っていた。

「周辺の魔物退治をするから、しばらく残ってほしいって、ギルドマスターに頼まれてね」

「それよりも、本当か？　クラーケンを倒したって、とてもじゃないが信じられないんだが」

ブリッツが信じられないようにわたしに尋ねてくる。

「でも、ブリッツも疑い過ぎよ。町の人が言っているんだから、本当なんでしょう」

「でも、クラーケンだぞ。あんな化け物、どうやって一人で倒すんだ」

「それはそうだけど。ユナちゃんは非常識だから倒せるんじゃない？」

ローザさん、非常識って酷《ひど》いです。でも、反論はできない。

「ブリッツが言いたいことも分かるけど、ギルドマスターも言ってるし」

ローザさんの言葉にランが賛同する。

「住人が嘘《うそ》をつく理由はない」

最後にグリモスが1票を入れる。

「だが、常識的に考えて」

「盗賊退治をしたときのユナちゃんが常識的に見えたの？」

「……見えなかったな」

なんか、酷いことを言われていない？

ブリッツも納得がいかないような顔をしているけど、それはわたしのほうだよ。

「それで、ユナはどうしているんだ。クリモニアに帰ったんじゃなかったのか？」

「この子たちと一緒に遊びに来ただけだよ」

わたしの後ろに隠れていたフィナとシュリを紹介する。

「フィナです」

「シュリです」

2人は少し恥ずかしそうに自己紹介をして頭を下げる。

「可愛い子たちね」

ローザさんは2人を抱きしめる。

「ユナちゃんの妹？」

「違うけど、似たようなものかな」

「ユナお姉ちゃん！」

「ユナ姉ちゃん」

わたしの言葉にフィナとシュリは嬉しそうにする。

「でも、クマの格好はしていないのね」

フィナたちをそんな不思議そうに見られても困るよ。

……まあ、お店を手伝うときはフィナたちもクマさんの格好をしているけど。

「それじゃ、ブリッツたちはしばらくミリーラにいるの？」

「ああ、少しでも手助けができればと思ってな。だけど、トンネルが通れるようになったら、クリモニアに行ってみようと思っている」

「そうなの？」

「ギルドマスターにもトンネルが完成するまででいいって言われているしね。それにトンネルができたんだから、クリモニアに行かない選択肢はないよ」

ローザさんがブリッツの言葉に同意する。

「新しい街がわたしを待っているからね」

ランがカッコいいセリフを吐く。

「それにユナちゃんの暮らしている街も見てみたいしね」

なにもありませんよ。クマの家があったり、クマの石像が置いてあるお店があったり、クマの石像がある孤児院があるぐらいだ。

「でも、クリモニアに来るようだったら、食事ぐらいご馳走するよ」

「あら、いいの」

「わたしのお店でよければね」

「ユナちゃんのお店？　ユナちゃん、冒険者よね？　フィナちゃん、シュリちゃん。ユナちゃんのお店があるの？」

「はい、パン屋さんです。とっても美味《おい》しいですよ」

「おいしいよ」

2人が証明してくれるが、ブリッツたちは信じられなそうにする。

「どうして、お店なんて持っているんだ」

なんとも説明が難しい質問だ。

「成り行きかな？」

「普通は成り行きで店は作らないぞ」

「そうとしか、説明のしようがないよ」

「ユナちゃんって、もしかして、いつもこうなの？」

ローザさんはわたしでなく、フィナに尋ねる。

「うん、いつもお母さんが、ユナお姉ちゃんはなにを考えているか分からないって」

今度、ティルミナさんとはじっくり話し合う必要がありそうだね。


これからトンネル周辺の魔物退治に行くというローザさんたちとは別れ、わたしたちは港を目指す。

フィナとシュリが船を近くで見たいと言ったためだ。

「すごいです。船がたくさんあります」

「お船だ～」

港に着くと2人は駆けだして船着き場に停《と》まっている船を見る。漁の時間は過ぎているので、船着き場にはたくさんの船が停泊している。2人は目を輝かせながら、船を見ている。

2人とも口には出さないけど、船に乗りたそうにしている。乗せてあげたいけど、流石《さすが》に船は持っていないから、2人を乗せてあげることはできない。

「お姉ちゃん、あっちにおおきなおふねがあるよ」

「シュリ、待って」

シュリが駆けだす。それを追いかけるフィナ。楽しそうにしている2人を見ていると、船に乗せてあげたくなる。誰かいれば頼むんだけど、わたしはあたりを見回す。すると、船の陰から見知った2人が出てきた。

「ユナちゃん？」

「ユナ！」

船の陰から出てきたのはユウラさんとダモンさんだった。

「ユナちゃん、町に来ていたの？」

「昨日、来ました」

そして、トンネルを使って遊びに来たことを説明する。

「もしかして、それだけの理由で、そんな小さな子を連れてクリモニアから来たのか？」

「そうだよ」

落ち込むダモンさん。

「俺たちが死ぬ思いで向かった先から、遊び感覚で来るって」

「トンネルがあるから、簡単に来ることができるよ」

「そうだが。なにか、納得ができない」

「なにを言っているのよ。ユナちゃんに出会ったおかげで、命は助かったし、町も助かったのよ。なにを文句を言っているのよ」

ユウラさんはダモンさんの背中を叩《たた》く。

「それで、2人はなにをしているの？」

他の船乗りはいない。ダモンさんたちぐらいだ。

「ああ、船の整備だ。ちゃんと整備しないと、いざってときに壊れても困るからな」

確かに整備は必要だ。穴でも開いていたら、沈む可能性だってある。

わたしたちが会話をしている間もフィナとシュリは船を珍しそうに見ている。

「2人とも、船を見るのは初めて？」

「はい、初めてです」

「うん」

ユウラさんの質問に2人は頷《うなず》く。

「それじゃ、船に乗ってみる？」

ユウラさんの言葉に2人は嬉しそうにする。でも、すぐ困ったようにわたしを見る。

「いいの？」

「もちろん、そのぐらいいいわよ。ユナちゃんにはお世話になったからね」

「2人とも船に乗ってみる？」

「乗ってみたいけど……」

「少し怖い」

確かに、海を見たことがなければ、船に乗るのも初めての経験だ。興味はあるけど怖いのだろう。

「ダモンさん、安全にお願い」

「ああ、もちろんだ。ユナの知り合いを危険にさらすわけがないだろう」

「2人とも大丈夫だから、乗っておいで」

「ユナお姉ちゃんは?」

「わたしは待っているよ」

「ユナ姉ちゃんもいっしょがいい」

シュリの小さな手がわたしのクマの着ぐるみを掴《つか》み、わたしの顔を上目遣いで見る。

そんな顔をされたら断れない。

わたしたちはダモンさんの船に乗せてもらうことになった。

ダモンさんの船はわたしたちを乗せると、帆を張り海に出る。

「2人とも気持ち悪くなったら、早く言ってね」

「「……………?」」

2人は首を傾《かし》げる。

船に乗ったことがない2人に船酔いの説明をしても分からないと思うので、それだけを伝える。

でも、ユウラさんたちの話では今日の波はそれほど高くないそうだ。それなら、船酔いの心配はないかな？

わたしの心配をよそに2人は船が揺れるたびに喜んでいる。

そして、近場の海域をぐるっと回って戻ってくる。

2人に酔った様子はない。わたしも酔わなかったけど、クマのおかげなのかな？

「ダモンさん、ユウラさん、ありがとうね」

「おお、楽しんでもらえたらよかった」

「船に乗りたかったら、いつでも言ってね」

わたしたちはダモンさんにお礼を言って、港を離れる。

「2人とも楽しかった？」

「はい！　楽しかったです」

「うん、お船、楽しかった」

2人の顔には満面の笑みが浮かんでいるから、その言葉に嘘《うそ》はないだろう。

翌日、最後の一日を楽しむことにする。明日にはクリモニアに帰る予定になっている。

「2人とも、どこか行ってみたいところはある？」

海は行ったし、船にも乗った。タケノコも掘ったし、デーガさんやアンズの料理も食べた。

ユウラさんやダモンさんにも会った。あと、行く場所が思いつかないので、2人に尋ねる。

「どこでも、いいですよ」

「うん」

どこでもいいが一番困るって話は聞くけど、本当だね。

どうしようかな？

とりあえず、町に行けば、なにかしらあるはずだから、行ってから考えることにする。

フィナたちの手を握りながら、町までやってくると、胸を強調した服を着た女性が待ち構えていた。

「アトラさん？」

「久しぶりね、ユナ」

「どうしたんですか？」

「どうしたもなにも。町に来ているなら、なんでわたしのところに来ないのよ」

「えーと、用がないから？」

「ユナ！」

アトラさんが睨《にら》みつけてくる。

「冗談だよ。これから行くつもりだったんだよ」

もちろん、嘘だ。行くつもりはなかった。

「本当に？」

疑いの目で見てくる。

「本当ですよ」

微妙に視線を逸《そ》らしながら答える。

「まあ、いいわ。それでユナはなにしに町に来たの？」

「遊びに来ただけだけど」

だから、冒険者ギルドなんて行く用事はない。

「遊びにって、この町になにもないでしょう」

「たくさんあるよ。魚料理、タケノコ掘り、海、船、砂浜、2人とも楽しかったよね」

仲間を得るためにフィナたちに問いかける。

「はい、楽しかったです」

「うん、楽しいよ」

「そうなの？　なんか、分からないものも交じっていたけど。楽しんでもらえたんなら、嬉しいわ。それで、その子たちは？」

「クリモニアでお世話になっている人の子供かな？」

命の恩人と紹介するとフィナが怒るので、今回はそのように紹介する。

「違いますよ。わたしたちユナお姉ちゃんにお世話になっているんですよ」

「お母さん、言ってた。おいしいごはんがたべられるのはユナ姉ちゃんのおかげだって」

2人がわたしの紹介を否定する。

「ふふ」

「なんで、笑うんですか？」

「ユナがこの子たちになにをしたか、想像ができるからよ。どうせ、見返りも求めないで、その家族を救ったんでしょう」

「すごいです。なんで分かったんですか！」

フィナがアトラさんの想像を肯定する。

「それは、この町でもユナが同じことをしたからよ」

「よく分かりました」

どうして、それだけの会話で通じあうかな？

それじゃ、わたしが一言で説明できる、単純な人間みたいじゃない。

訂正を求めたいが、3人は楽しそうにわたしの話題で盛り上がっている。

「すぐに『気にしないでいい』って言うのよね」

「はい、言います」

「いうよ」

「お礼は『いらないよ』って」

「いつも、言います」

「いうよ」

なんで、そんなに盛り上がる。

「それで、わたしたちがお礼をしなくてはいけないのに、なぜか、ユナが逆にわたしたちに支援してくれるのよね」

「はい、分かります！」

「ユナ姉ちゃん、やさしいよ」

なんだろう。背中がむず痒《がゆ》くなってくるんだけど。わたし、そこまでお人好しじゃないよ。

フィナを助けたのだって、この世界に来て、右も左も分からないわたしをフィナが助けてくれたからだ。フィナはバカにしたり、怪しんだりせずにいろいろと教えてくれた。そんなフィナだから助けた。

今思えば、こんなクマの着ぐるみを着たわたしによくいろいろと教えてくれたものだ。

「それでね。ユナったら」

「そろそろ、話はやめて、他の場所に行かない？」

話がいつまでも続きそうだったので、提案してみる。

「あら、ごめんなさい」

「ごめんなさい」

「ごめんなさい」

3人が謝る。

なにか、わたしが悪者みたいだ。

「それで、ユナたちはこれからどうするの？」

「本当はアトラさんに挨拶《あいさつ》をするつもりだったけど。ここで会えたから、町の中でも回ろうかと思っているよ」

アトラさんに会うつもりはなかったけど、町の中を回ろうと思ったのは本当だったので
そう答える。

嘘も方便だ。

「なら、わたしもついていこうかしら」

「暇なんですか?」

「そうね。クリフ様が周辺の魔物を退治するために、クリモニアから冒険者を派遣してくれたから、順調よ。それにブリッツたちも戻ってきて、しばらくはいてくれることになったし、冒険者ギルドは問題ないわ。大変なのは商業ギルドのほうね。クリモニアからいろいろなものが入ってきているし、ミレーヌさんから指示が多くて大変みたいよ」

「ジェレーモさん、大変そうですね」

「でも、しっかりやっているわよ。たまに抜け出そうとするみたいだけど」

アトラさんは笑う。

「町に笑顔が戻ったのも全てユナのおかげね」

「わたしはなにもしてないよ。したのはクリフとミレーヌさんだよ」

「そう思っているのはユナだけね」

と微笑《ほほえ》むと、フィナとシュリの手を握って歩きだすアトラさん。

わたしは納得がいかないけど、3人の後をついていく。

120　クマさん、4人で散歩する

アトラさんの先導で魚市場の見学をすることになった。

市場には朝一番で捕れた魚介類が並んでいる。

「うわああ、グニョグニョ動いてます」

「気持ち悪い」

2人はタコを見て騒いでいる。

「でも、美味《おい》しいよ」

「そうなんですか？」

タコは刺身でも焼いても茹《ゆ》でても美味しい。

「ユナ姉ちゃん、あれはなに？」

「カニだね。茹でると美味しいよ」

カニのダシで取ったスープも美味しいし。エビもいいね。

「みんな食べられるんですか？」

「食べられるよ。昨日、デーガさんのところで食べた料理にも入っていたよ」

「そうなんですか!?」

フィナとシュリはカニを見ている。

ゆっくりと手を伸ばす2人。

「危ないから、触っちゃダメだよ」

カニに触ろうとしていたので注意する。ハサミに挟まれたら痛いからね。

わたしの言葉で2人は手を素早く引っ込める。

「ユナちゃん、詳しいのね」

「前に住んでいたところが海の近くだったからね」

嘘ではない。電車ならすぐだった。

実際に海に行ったかどうかは別の話だけど。


魚市場を一通り見たわたしたちは、次に屋台が集まっている広場に向かう。広場に近づくと、いい匂いが漂ってくる。魚介類がいい感じで焼けている。

「あれ、美味しそうです」

「食べたい」

2人がイカ焼きの屋台を見る。

「ふふ、いいわよ。わたしが買ってあげる。2人はこれで好きなもの食べてきて」

アトラさんは2人にお金を差し出すが、2人は受け取ろうとしない。

「どうしたの？」

「その……」

2人はわたしを見る。知り合ったばかりの人からお金を受け取るのに抵抗があるのだろう。わたしはクマボックスからお金を取り出し、2人に渡してあげる。

「昨日、タケノコ掘りを手伝ってくれたお礼」

「でも、わたしたち、ここに連れてきてもらって」

「せっかく来たんだから。美味しいものを食べてきて」

フィナとシュリの2人はお互いの顔を見る。そして、通じ合ったのか、小さく頷《うなず》き、わたしのほうを見る。2人はクマさんパペットに咥《くわ》えられたお金を受け取ってくれる。

「ユナお姉ちゃん、ありがとう」

「ユナ姉ちゃん、ありがとう」

2人はお礼を述べてくれる。そんな2人の様子を見て、寂しそうにしている人物がいる。

「わたしのお金も受け取ってもらえるかな」

隣で寂しそうにしているアトラさんが2人に言う。

再度、2人がわたしを見るので、頷いてあげる。

2人はアトラさんにお礼を言って、お金を受け取る。2人は仲良く手を繋《つな》いで屋台に向けて走っていく。

「素直ないい子たちね」

「まあね」

わたしと違ってひねくれていないからね。

わたしとアトラさんは近くのベンチに座る。

「ユナ、町のことは聞いた？」

「デーガさんとアンズに少し聞いたよ」

「犯罪を起こした者のことは？」

わたしは首を横に振る。

なにも聞いていない。

「まあ、あの子たちが近くにいたら話せないわね。商業ギルドの前ギルマス及び重犯罪者と認定された者は処刑されたわ」

「そうなんだ」

あまり、顔を覚えていないけど、処刑されたんだ。

「公開処刑だったけど、見に来た人は少なかったわ。来たのはお爺《じい》さんたちと家族や身内を殺された人たちだけ。でもこれで、家族を殺された人たちも一区切りができたから、前に進むことができると思うわ」

それで、クリモニアなのかな。

アンズからお願いをされたことを思い出す。

「そういえば町長は決まったの？　クリフはアトラさんにやってもらいたがっていたけ

ど」

「引き受けるわけないでしょう。本当のわたしは怠け者なんだから、そんな面倒なことは引き受けないわよ」

「それじゃ、どうなったの?」

「クロ爺の息子さんが、渋々《しぶしぶ》引き受けてくれたわ。一応、町の重鎮の一人の息子だから、誰も反対する者はいなかったわ」

「渋々なんだ。町長なら、やりたい人はたくさんいると思うんだけど」

「みんな前町長のことを見ているからね。クラーケンを毎日どうにかしろと言われ続け、食料を隣の町から仕入れようとすれば盗賊が現れ、仕入れができなくなる。そのことでさらに住人から問い詰められる。そんな姿を見ているから、誰もやりたがらないのよ。だから、クロ爺が無理やり息子に押しつけたわけなの」

ご愁傷様。

顔も知らない相手に合掌する。

「前町長は戻ってこないのかな?」

「夜逃げみたいにいなくなったんだから、戻ってこられないでしょう。戻ってきても住人は許さないと思うし」

「でも、もし戻ってきたら町長はどうなるの?」

「どうにもならないわよ。この町はクリフ様の管轄領になったんだから、逃げだした者にとやかく言う資格はないわ。それに、なにかあっても、クリフ様がどうにかしてくれるでしょうし」

アトラさん、クリフのこと信用しているね。

まあ、わたしが心配するようなことじゃないので、前町長が現れたらクリフ任せでいいだろう。

「それに、戻ってきたら、危険もあるだろうし」

「危険?」

「恨んでいる者も多くいるってことよ」

まあ、どこの世界でも見捨てられたほうは恨むからね。

「それはそうとユナ。あなたたちどこに泊まっているの? デーガのところ? それともクマ?」

「クマって。デーガさんの宿は満室だったから、町の外にある、自分の家《クマハウス》に泊まっているよ」

「やっぱり、早急に宿屋を作らないとダメかしら。トンネルが完成すれば、人も増えるだろうし、このままだと絶対に足りなくなるわね」

「建設は始まらないの?」

木材の準備はできていたけど、建物は建っていなかった。

「そろそろ始まると思うけど、人手が足りないのが現状ね。あと、周辺の魔物討伐をしないと安全に建設ができないから、後回しになっているのよ」

「ブリッツに会ったけど、魔物討伐は進んでいるの？」

「冒険者たちのおかげで、この周辺では見かけなくなったわ。今は、少し遠出をしてもらっているところ。それが終われば本格的に建築が始められると思うわ」

個人的には暑い夏が来る前に終わってほしいけど。

その前に夏あるのかな？

そんな疑問は横に置いておいてアトラさんと会話をしていると、フィナとシュリが仲良く手を繋いで戻ってくる。

「ユナお姉ちゃん、アトラさん」

「ただいま」

2人は美味しいものを食べたのか、満足そうな顔をしている。

「それじゃ、わたしはギルドに戻るけど、ユナたちはこれからどうするの？」

「商業ギルドへ、和の国がどうなっているのか、聞きに行こうと思っているぐらいかな」

「和の国ね。月に一度、来ていたけど。クラーケンのせいで来なくなったからね。船が沈んでなければいいんだけど」

「まあ、気長に待つよ」

いざとなったら、王都で聞けば情報があるかもしれないし。わたしたちはアトラさんと別れて、商業ギルドに向かう。商業ギルドに来ると、職員は忙しそうに仕事をしている。

暇そうにしている職員は一人もいない。

「ユ、ユナさん！」

一人の女性職員がわたしに気づく。その職員の声で全員が一斉にわたしのほうを見る。職員の反応にフィナたちが驚く。フィナとシュリの頭にポンポンと手を乗せて、落ち着かせる。

「ジェレーモさんはいますか？」

「はい、お待ちください」

職員は奥の部屋にいるジェレーモさんを呼んできてくれる。

「クマの嬢ちゃん」

疲れきっているジェレーモさんがやってくる。

「ジェレーモさん、こんにちは」

「ああ、元気そうだな」

「ジェレーモさんは元気がないね」

元気がないと言うか、疲れているように見える。

「ギルドマスターを引き受けて後悔しているよ。忙しすぎる。休みがない。書類の山が減らない。やることが多い。クリモニアから来た教育係が苛《いじ》める」

「人聞きの悪いことは言わないでください。ジェレーモさんがしっかり仕事を覚えれば、問題はないんです。わたしだって早くクリモニアに戻りたいんですから、早く仕事を覚えてください」

ジェレーモさんの後ろから20代半ばのインテリ風の女性が現れる。

眼鏡《めがね》があったら似合ったかも。

「ミレーヌさんのお願いだから、教えているんですよ。わたしは街に夫も子供も残してきているんですからしっかりしてください」

「分かってます。頑張りますから」

「行動で示してください」

彼女が、ミレーヌさんが言っていた補佐という名の教育係かな。

「ユナさん、初めまして。わたしはクリモニアから派遣されたアナベルと申します」

「えーと、アナベルさんはわたしのことは知っているんですか？」

「ユナさんのことはクリモニアで何度かお見かけしたことがあります。それにクリモニアの商業ギルドで働いている者でユナさんのことを知らない職員はいませんよ。それでユナさんはどうしてこちらに？　もしかしてジェレーモさんにクレームですか？」

「どうしてだよ。俺はなにもしていないだろう」

「仕事をしてください」

2人の漫才のようなかけ合いにどこに突っ込みを入れていいか分からないのでスルーする。

「それで、俺に用か？」

「えーと、和の国についてどうなったかなと思って」

「そのことですか。先日、少し遠洋航海していた船が和の国の船と接触することができたそうです。そのときに漁師の方が町のことを話してくれましたので、交易も再開されると思いますよ」

ジェレーモさんの代わりにアナベルさんが答えてくれる。

嬉しい情報だ。

「ええ、ただ、いつになるかは分かりませんが」

それでも、十分な朗報だ。

でも、このアナベルさんって優秀な人っぽいな。返答が早い。ミレーヌさんが派遣するだけのことはある。この人が教育すればジェレーモさんも立派なギルドマスターになれるかもしれない。

「ジェレーモさんはしっかりやってますか？」

「そうですね。なにかとサボろうとしますが、一生懸命やってますよ。でも、すぐに休みをくれとうるさいですが」

「それは俺に休憩をくれないからだろう」

「ジェレーモさんが苦労して仕事をすれば、それだけ住人は幸せになります。休みなしで頑張ってください」

ブラック企業だ。休みがないとか、わたしなら辞めているね。偉い人も言っていた、働いたら負けだと。そう考えると、お爺さんズが言っていたジェレーモさんの評価も分かる。不真面目だが仕事はする。サボるが人から好かれる。頼まれれば断れないタイプだね。

「それで、ユナさんにお尋ねしたいんですが、いつクリモニアにお戻りになられますか？」

「明日には帰るつもりだけど」

「申し訳ないんですが、報告書をギルドマスターに渡してもらえないでしょうか？」

「報告書？」

「10日に一度、報告書を提出して、物資を頼んでいるんですが。ジェレーモさんが処理する案件が遅れたせいで、先日の報告書に記載できなかったんです。でも、急ぎの案件なので、次の報告書と一緒にすると遅れてしまうんです」

「いいよ。渡すだけでいいんでしょう」

「ありがとうございます。すぐに持ってきますのでお願いします」

アナベルさんから書類を受け取り、商業ギルドを後にする。

それから、アンズやデーガさんに明日には帰ることを伝え、クマハウスに帰る前にくまゆるとくまきゅうに乗って、砂浜を走ったり、クマハウスから海を眺めたりして一日が終わる。

「明日には帰るんですね」

お風呂に入りながら、フィナが尋ねてくる。

「うん、あまり、ティルミナさんを心配させたくないからね」

「お母さん、しんぱいしているかな？」

「しているでしょう」

あの優しい母親だ。フィナやシュリの心配をしないほうがありえない。

「それよりも、2人は楽しめた？」

「はい、とっても楽しかったです」

「さかな、おいしかった」

2人は笑顔で答えてくれる。連れてきたかいがあった。

「今度は、みんなで来ようね」

「はい！」

「うん！」

わたしたちは予定どおり、翌日にはクリモニアに向けて出発する。

番外編① 新人冒険者、ホルン その1

ウルフが2体いる。

「ホルン！」

シン君が叫ぶ。シン君が一体のウルフと対峙《たいじ》している。わたしはウルフに向かって硬く固めた土の塊を放つ。土の塊はウルフの体に当たり、ウルフが悲鳴をあげて倒れる。そこにシン君が止《とど》めを刺す。もう一体のウルフはラッ君とブル君が倒した。

「本当にホルンの魔法は強くなったよな」

「うん、これもユナさんのおかげだよ」

本当にユナさんのおかげだ。ユナさんに魔力の使い方や魔法の使い方のコツを教わった。初めは苦労したけど、今では戦いの最中でも使えるようになった。まだ、ユナさんの言う通りにはできないこともあるけど。ちょっとずつできるようになるのが楽しい。

「あのクマ、本当に凄《すご》かったんだな」

「シン君、ユナさんの前で絶対にそんなことを言っちゃダメだからね」

「そんな怖いこと言わねえよ」

あらためて先輩冒険者たちに話を聞くと、ユナさんは怒ると怖いらしい。そして、ギルド職員の人から聞いたユナさんの討伐した魔物の数を知れば、絶対に逆らってはいけない人だと分かる。

ユナさんはとっても可愛《かわい》らしいくまさんの格好をしているから、そんなふうには見えない。でも、とっても強い冒険者だ。

それにユナさんが優しい人だということも知った。

なんでも、孤児院の子供たちが困っているのを見て、子供たちに食べ物を与え、仕事を与え、家も作り直したという。この街で多くの卵が出回っているのもユナさんが孤児院のためにしたことだ。さらに、あのパン屋さんで働いている子供たちも孤児院の子供だという。

わたしと変わらない年齢なのに、凄いとしか言いようがない。

「ホルンもシンもちゃんと周辺を見張っていてよ」

解体をしているラッ君が考え事をしているわたしに注意する。

「ごめんなさい」

解体をしていると他の動物や魔物が来る可能性があるので見張る。

わたしたちはクリモニアの近くにある村から冒険者になるためにクリモニアにやってきた。わたしたち4人は幼なじみだ。剣を持っているのがシン君。一応わたしたちのリーダーみたいなことをやっている。そして、狩人の息子のラッ君ことラッテ、弓が得意で、先日行った村でブランダさんって人に弓の扱いを教えてもらって上手《うま》くなったと喜んでいる。3人目はわたしたちの中で一番の力持ちのブル君ことブルート。武器は斧《おの》を使っている。

最後にわたしは弱い魔法が少しだけ使える魔法使いだった。でも、ユナさんのおかげで、みんなの足を引っ張らないほどには強くなった。

「俺たちも早く大きなアイテム袋欲しいよな」

「せめて、ウルフが入るぐらいのは欲しいね」

それにはもっと頑張って仕事をしないといけない。

アイテム袋があれば、かなり仕事が楽になる。魔物を討伐しても、安全なところで解体ができるようになるし、持って帰れなくて捨てるようなこともなくなる。

早くアイテム袋が欲しい。

今日の仕事を終えて、討伐報告をするために冒険者ギルドに向かうと、依頼のクエストが貼ってあるボードに人だかりができている。

「ヘレンさん、なにがあったんですか？」

わたしたちはウルフの討伐の報告をしながら受付のヘレンさんに尋ねる。

「あれですか？　あれは領主クリフ様から、依頼が出たんです」

「領主様の！」

「もしかして、強い魔物でも現れたんですか？」

領主様の依頼だ。とんでもない魔物が現れたのかもしれない。

「違いますよ。普通の魔物討伐の仕事です」

「普通の？」

「シン君たちはアイテム袋が欲しくてお金を貯めているんですよね」

「はい」

「それなら、参加してみたらどうですか？　魔物討伐の報酬でも、少しだけですが高くなっていますよ。今のシン君たちなら大丈夫なはずです」

そんな、おいしい仕事なら受けたい。

ヘレンさんに詳しい話を聞きたかったけど、次に待っている冒険者がいたので、詳しい話が聞けず、依頼ボードを見に行く。先ほどよりも人だかりも減り、依頼内容が見えた。

「えっと、ベアートンネル付近の魔物討伐」

ベアートンネル？

依頼の紙には地図も載っている。歩いていくにはちょっと遠いけど、馬車を出してくれるみたいだ。しかも、魔物を討伐したら、その近くで買い取りもしてくれると書かれている。持って帰らなくていいなら、楽だ。しかも、ヘレンさんの言う通りに買い取り金額が通常よりも高く設定されている。

「シン、どうする」

「こんな、おいしい依頼ないぞ」

ただ、ベアートンネル付近に現れる魔物は、ウルフ、一角ウサギ、ゴブリンの他にオークがいると書かれている。

「でも、オークがいるよ。今のわたしたちじゃ」

「大丈夫じゃないか。現れたら、逃げればいいし」

「うん、僕たちはウルフと一角ウサギを倒せばいいよ」

話し合った結果、オークは先輩冒険者のみなさんに任せることにして、わたしたちはこの依頼を受けることにした。

わたしたちはヘレンさんのところに向かう。わたしたちの後ろに並んでいた冒険者もヘレンさんに話を聞いたのか、依頼ボードに向かう。

「ヘレンさん、ベアートンネルってなんですか？」

「エレゼント山脈にあるトンネルですよ」

ヘレンさんの話によれば最近トンネルが発見されたらしく、そのトンネルを使えるようにするために周辺の魔物を討伐するのが、今回の依頼の目的みたいだ。

「そのトンネルが使えるとどうなるんですか？」

「海に出られるみたいよ」

「海ですか！」

「海、見たい！」

「ごめんなさいね。トンネルを抜けた先の魔物の討伐の依頼もあったんだけど、そっちは申し込みが多くて、締め切っちゃったの」

「え」

「わたしも行きたいんですから、我慢してください。それじゃ、依頼を受けるのはやめますか」

もちろん、やめたりはしない。

「それでは、明日の朝、馬車が用意されますので、遅れないでくださいね」


翌日、冒険者ギルドに来ると、多くの冒険者がいる。

「これ、魔物の取り合いにならないか？」

「シン、聞いていなかったのか。トンネルがあって、そのトンネルの先の魔物も討伐する予定だから、全員が同じ場所じゃないぞ」

「それぐらい、分かっている」

「とりあえず、早く行こうぜ。馬車に乗れなくなるぞ」

馬車の近くでは、ヘレンさんが指示を出している姿がある。

「おはようございます」

「ちゃんと、遅れないで来てくれましたね」

「思っていたよりも多いですね」

「まあ、これだけ依頼料が多い仕事は滅多にないですからね」

「これは頑張らないといけないな」

「それではシン君たちはあっちの馬車に乗ってください。馬車によって、行き先が違いますから、違う馬車には乗らないでくださいね。間違って乗りでもしたら、オークがいる場所に連れていかれるかもしれませんからね」

「それは……」

「シン、間違えるなよ」

「間違えねえよ」

わたしたちはヘレンさんの指示があった馬車に乗り込む。

中にはすでに、数人の冒険者が乗っている。

「移動先まで、馬車で連れていってくれるなんて、楽でいいな」

「しかも、討伐の魔物も街まで運ばなくてもいいしな」

「頑張って稼ぐぞ」

「おお」

馬車に揺られて数時間、森の前にやってきた。

ここから先は、歩いていくそうだ。

「どこに行く」

「とりあえず、噂《うわさ》のトンネルを見てみないか？」

「賛成」

わたしたちと同じことを思う冒険者たちと一緒にトンネルに向かう。トンネルまでの道は木に目印がついているので迷うことはない。

しばらく歩くと、目の前にクマが現れた。

クマさんの石像だ。可愛らしいクマさんが剣を持っている。

「これ、どっかで見たことがないか？」

見たことがある。間違いなく、あそこで見た。

「このクマってユナさんのお店のクマと同じクマだよな」

「なんで、そのクマの石像がここにあるのかな？」

お店のクマさんはパンを持っていたが、こちらのクマさんは剣を持っている。

「まあ、考えられることはトンネルとユナさんが関係があることぐらいだよな」

名前もベアートンネルだ。わたしもシン君の言う通りだと思う。

わたしはクマさんの石像も気になるけど、トンネルも気になる。

この暗いトンネルの先に海が広がっている。海は一度も見たことがない。聞いたことがあるだけだ。一度は見てみたい。

「シン君、今度、このトンネルが完成したら、海に行ってみようね」

「そうだな。それもいいな」

「うん」

でも、その前にお金を稼がないとダメだ。わたしたちは魔物討伐に向かう。

「シン、そっちに行ったぞ」

「おう、任せろ。ホルン、俺が足止めさせるから」

「うん、分かった」

わたしは土魔法で硬い土を作りだす。そしてウルフにぶつけると、ウルフは悲鳴をあげて倒れる。そこにシン君が止《とど》めを刺す。順調に討伐していく。

「ホルンの魔法が強くなったおかげで、退治も楽になったな」

魔物の死体をそのままにしておくと、他の魔物が近寄ってくるので、討伐したら片付けるのがマナーだ。それをやらない冒険者は他の冒険者から嫌われる。解体して、必要がないものは埋めたり、燃やしたりする。

「これも、ユナさんのおかげだよ。最近、魔力の使い方が分かった気がするんだ」

魔力を集めると強い魔法が使えるようになるけど、何度も使えない。大きい魔法なら何回、小さい魔法なら何回と考えて使わないといけない。それが後方で支援をする魔法使いの役目だと教わった。だから、ユナさんに魔法を使った数を把握するように言われている。

そして、それを仲間と共有することによって、支援ができるかどうかも判断してもらう。引き返すのも1つの選択肢になる。無理な行動は危険であり、死ぬかもしれない。だから、ちゃんと魔力を把握しないといけない。

それから数日間、わたしたちはウルフや一角ウサギを討伐した。

「これなら、アイテム袋も買えそうだな。本当に領主様には感謝しないといけないな」

こんなに順調にいくとは思ってもいなかった。

「通常価格よりも高く買い取ってくれるもんね」

魔物の買い取りも近くでやってくれるので、運ぶのも楽で助かっている。

「でも、そろそろ、近場にはいないよ」

昨日は森の伐採も始まり、トンネルまでの道が作られるようになってきた。

「他の冒険者もいるしな」

「それなら、あっちに行こうぜ。他の冒険者の話を聞いたけど、あっちにはまだいるみたいだぜ」

わたしたちはシン君の言葉に従ってそちらのほうに行くことにした。

森の中を歩いていると、先頭を歩くシン君が止まる。すぐに唇に人差し指を当てる。わたしたちは口を閉じ、静かにする。

シン君が示す先を見ると、そこにはオークの姿がある。

シン君が小声で尋ねた。

「どうする？」

「無理だろう」

「でも、倒せば他の魔物よりも、お金になるぞ」

「やめたほうがいい」

「オークには手を出さないって決めただろう」

「シン君……」

「……そうだな」

シン君はみんなの意見を聞いて、この場を離れることにした。

ポキッ。

そのとき、誰かが枝を踏み、音を出してしまった。

その瞬間、オークは吼《ほ》えると、大きな棍棒《こんぼう》を振り回す。そして、わたしたちの近くの木を叩《たた》く。

「走れ！」

わたしたちは駆けだす。でも、わたしたちに気づいたオークが追いかけてくる。わたしはユナさんが言っていたことを思い出す。

土魔法は攻撃から身を守ることもできる。

わたしは土魔法を使って、木と木の間に土の棒をクロスさせるようにする。ユナさんみたいに大きな壁なんてできない。それならと、ユナさんが考えてくれた。木と木の間を紐《ひも》のように土で塞《ふさ》げば、足止めができると教わった。ただ、それには強度がそれなりに必要だ。

オークはクロスした土に阻《はば》まれる。

やった。

「今のうちに逃げるぞ」

オークは唸《うな》り声をあげると、棍棒を振り下ろす。土の壁は壊される。

でも、わたしはオークの通る先を塞ぐように壁を作っていく。少しは足止めできるが、やばい、魔力を使いすぎたかもしれない。体から力が抜けるような感覚に襲われる。

「ホルン大丈夫か！」

「うん」

力が入らないけど、走らないといけない。シン君に腕を引っ張られる。

オークが足を止めて、クロスした防壁を壊してくる。

「くそ、ここで戦うぞ」

シン君が叫ぶと、ラッ君が弓を構え、矢を放つ。でも、オークは飛んでくる矢を叩き落とす。

「そんな」

飛んでくる矢を落とすなんて、信じられない。

シン君が剣を、ブル君が斧を構える。

「ホルン、逃げろ。俺たちが時間を稼ぐ」

「みんな」

ラッ君が矢を飛ばし、シン君とブル君が剣を斧を振るう。でも、全て棍棒に防がれて、シン君たちは防戦一方になる。

さらに、振りかざされた棍棒を剣で防いだシン君が飛ばされる。ブル君が斧を振り上げる。でも、オークの棍棒に突き刺さり、そのまま棍棒によって弾き飛ばされる。

「シン君！　ブル君！」

オークが吼《ほ》えながら、わたしとラッ君に向かってくる。

番外編②　新人冒険者、ホルン　その2

オークが襲ってくる。

ラッ君が矢を放つ。矢がオークの腕に刺さるが、オークの動きは止まらない。わたしは残り少ない魔力を使って、オークの顔に固めた土の塊を命中させる。オークの動きが止まる。

やった。

さらにラッ君が矢を放ち、オークの体に命中するが倒れてくれない。わたしは振り絞るように最後の魔力を手に込める。もっと硬く、もっと回転を速く、もっと強く。わたしはオークに向けて硬く固めた土魔法を放つ。硬くなった土はオークの左腕に当たる。体を狙《ねら》ったのに外れた。オークが雄叫《おたけ》びをあげる。苦しむ顔をする。左腕を上げようとするが上がらないようだ。

オークは棍棒を持っている右腕を上げる。わたしたちは逃げようとする。オークの右腕が振り下ろされたとき、オークの右腕が地面に落ちる。さらに首も地面に転がった。

「ギル、なんでおいしいところを持っていくの？」

「そんなつもりはない」

そんな声が聞こえてくる。

現れたのは金色の綺麗《きれい》な髪をした女性と、体格がいい男性だった。

2人とも冒険者ギルドで会ったことがある。確か、ルリーナさんとギルさんだ。

「大丈夫だった？　それとも、獲物を横取りしちゃった？」

「いえ、助かりました」

「よかった。遠くから見たら、襲われてるように見えてね。オークも後ろを向いていたから、これはチャンスと思って攻撃をしちゃったの」

わたしは現状を確認するために周囲を見る。オークはギルさんの剣で首を切られたみたいだ。一撃で凄い。

「シン君とブル君は!?」

わたしはシン君とブル君が吹き飛ばされたほうを見る。

「ここにいる」

シン君とブル君が体を押さえながら、やってきた。

「シン君、ブル君、大丈夫？」

わたしは2人に駆け寄ろうとするが、魔法の使いすぎで、バランスを崩してしまう。倒れそうになったところをシン君が駆けてきて、受け止めてくれる。

「ホルン大丈夫か？」

「うん、ちょっと魔力を使いすぎただけだから大丈夫だよ。シン君たちのほうこそ大丈夫なの？」

「ああ、大丈夫だ。少し、体を打っただけだ」

ブル君も大丈夫と答えてくれる。よかった。２人とも大きな怪我はしてないみたいだ。

「助かりました。ありがとうございました」

わたしたちはあらためて、ルリーナさんとギルさんにお礼を言う。

「いいのよ。わたしたちも、オークの背中ががら空きだったから攻撃をしただけだから。確か、あなたたちは新人冒険者よね」

「はい、わたしはホルンです」

「シンです」

「ラッテです」

「ブルートです」

「わたしはルリーナ、こっちの無口がギル」

「はい、知っています。優秀な冒険者だって」

「そうなの？　それはそうと、このあたりはオークが確認されているから、危ないわよ」

ルリーナさんが照れくさそうに忠告をしてくれる。

「そうなんですか？　俺たちこっちにもウルフがいるって聞いて」

「確かにいるけど、オークもいるから、オーク１体ぐらい倒せる実力がないと危ないよ」

確かに、わたしたちは4人がかりでも倒せなかった。

もっと、魔法の練習をして、強くならないといけない。最後の魔法だって腕じゃなくて、他の場所に当てていれば倒せたかもしれなかった。焦《あせ》ると、当てたいところに当たらない。それはラッ君も同じだよと言っていた。もっと、頑張らないといけない。


それからわたしたちはルリーナさんたちと一緒に、ギルド職員がいる仮小屋に戻ることになった。

仮小屋はトンネルの近くに作られ、他の冒険者たちもいるから安全な場所だ。

トンネルに戻ってくると、剣を持った可愛《かわい》いクマさんの石像が出迎えてくれる。

「ふふ、あの石像を見ると、微笑《ほほえ》ましくなるわね」

ルリーナさんがクマさんの石像を見て微笑んでいる。

確かに可愛《かわい》らしい。

「あのう、このクマの石像って、ユナさんと関係があるんですか？」

「ホルンちゃん。ユナちゃんのこと知っているの？」

「はい、わたしの先生です」

「先生？」

「わたしの魔法の先生なんです。ユナさんに魔法の使い方を教わっています。そのおかげでみんなの足を引っ張らなくなって」

「今じゃ、俺たちの大切な戦力になっている」

「今回もホルンの魔法がなければオークにやられていたかもしれないしな」

シン君、ブル君の2人がそう言ってくれるけど、まだまだだ。

でも、ユナさんのおかげで自信がついたのは確かだ。もっと頑張って、みんなの役に立ちたい。

「そうなんだ。ユナちゃんが先生なんだ」

「はい。だから、このクマさんの石像が気になって」

「噂《うわさ》だと、ユナちゃんがトンネルを発見したから、ベアートンネルって名前になったって話だよ。だから、クマの石像が置かれたみたい」

ユナさんが発見。ユナさん、凄《すご》いです。

わたしたちは討伐した素材を冒険者ギルドに渡して、お金を手に入れる。

討伐数も順調だ。このままいけば、今まで貯めていたお金と合わせて、少し大きめのアイテム袋が買えるかもしれない。

「ホルンちゃんたちは、いつまでここにいるの？」

「食料の問題もあるので、明後日には帰ることにしています」

「なら、わたしたちと一緒だね」

「ルリーナさんはギルさんと2人だけでパーティーを組んでいるんですか？」

「前は4人でパーティーを組んでいたんだけど、今は別れて2人だね」

わたしがギルさんのほうを見ると、シン君とブル君が一緒にいる姿がある。

「ギルさん、その剣を持たせてもらってもいいですか？」

「ああ」

シン君はギルさんから大きな剣を受け取る。

「重い……」

「シン、情けないぞ」

「剣が重いんだよ。なら、ブルートも持ってみろよ」

シン君がブル君に剣を渡す。それをブル君が持つが重そうにする。ブル君は一番の力持ちだけど、ギルさんの剣は重いみたいだ。

「思ったよりも軽いな」

いえ、顔は重そうにしています。

「いや、絶対に無理をしているだろう」

みんな、楽しそうにしている。

ギルさんは剣を返してもらうと、軽々と剣を振り回す。

そのたびにシン君とブル君が褒めている。でも、ギルさんは無表情だ。

「ギルも嬉しそうね」

「えっ、そうなんですか？　シン君たちが話しかけてもギルさん、反応がないんですけど」

「そう？　嬉しそうにしているでしょう」

わたしはギルさんの顔を見る。

うむむむ、わたしには分からない。

「明日はどうする？」

「あっちはオークがいるから、別の場所だな」

「でも、近場に魔物はいないから、少し遠出しないといけないぞ」

「それじゃ、わたしたちと行かない？」

4人で話し合っていると、ルリーナさんが声をかけてくる。

「ルリーナさん？」

「オークはわたしたちが倒す。あなたたちはウルフやゴブリンを相手にすればいいわ」

「いいんですか？」

「それだと、ルリーナさんたちの仕事が」

「いいのよ。すでに十分に稼いでいるし、新人教育は先輩冒険者としての役目だからね。ギルもそれでいいでしょう？」

「ああ」

ギルさんが無表情で返事をする。

もしかして、ギルさん、ルリーナさんが勝手に決めて怒っていない？

「あのう、ルリーナさん、ギルさん、怒っていないですか？」

わたしは小声でルリーナさんに尋ねる。

「えっ、どこが？　別に怒っていないでしょう」

ギルさんは無表情でわたしを見る。

やっぱり、怒っているよ。

「ほら、全然怒っていないでしょう」

わ、分からないよ～。


翌日、わたしたちはオークがいる場所にやってくる。少し怖いけど、ルリーナさんとギルさんが側にいてくれると思うと心強い。

「それじゃ、わたしたちが後ろから行くから、みんなはいつもどおりにやっていいわよ。オークが現れたら、わたしたちが対処するから」

「分かりました」

シン君は返事をする。みんなも頷《うなず》く。わたしたちは緊張しながら進む。先頭はシン君、ラッ君、わたし、後方をブル君が守ることになっている。

「ちゃんと、考えているのね」

「ああ」

後ろでルリーナさんとギルさんの会話が聞こえてくる。なにか、見られているといつもよりも緊張する。

前を歩いているシン君が止まるように指示を出す。隙間から見るとウルフが2匹いる。

わたしたちは場所を交換する。シン君とブル君がわたしたちの前に出る。そして、ラッ君とわたしが遠距離攻撃の準備をする。そして、お互いに攻撃相手を決め、ラッ君の矢とわたしの土魔法がウルフに向かって飛ぶ。命中すると同時に、シン君とブル君が飛び出す。

お腹《なか》に矢が刺さっているウルフが逃げだそうとするが、シン君が剣を突き出して、止《とど》めを刺《さ》す。わたしの土の塊が命中したウルフは、ブル君が斧を振り下ろして止めを刺す。

「おお、意外とスムーズに倒すね」

「ああ」

ルリーナさんたちに褒められる。なにか気恥ずかしい。

「ちゃんとみんな、連携が取れているのね」

「俺たち弱いから、みんなで助け合って戦わないと勝てないから」

「信じられる仲間がいるって、いいことだよ」

みんな、幼いときから仲良しだ。信じられる仲間だ。

それから、ウルフや一角ウサギを倒していく。

オークが2体現れたときは驚いたけど、ルリーナさんとギルさんがあっという間に倒してしまう。

「すげえ」

「ルリーナさん、カッコいいです」

「ありがとう。でも、わたしより、あなたの先生のほうが凄いわよ」

「ユナさんですか？」

「ユナちゃんの戦闘は凄いからね」

「ルリーナさん、ユナさんが戦うところ見たことがあるんですか？」

「お姫様だっこ」

「ギル！」

わたしの問いに答えたのはギルさんで、そのギルさんが発した一言にルリーナさんが叫ぶ。

「お姫様だっこ？」

「なんのことですか？」

「な、なんでもないわよ。そのことは絶対に他の人に聞いちゃダメよ。絶対よ。聞いたら、どうなるか分かるわね？」

力強く、念を押される。

「よ、よく分かりませんが分かりました」

わたしたちはルリーナさんの気迫に押されるように頷く。この話はこれ以上してはダメだ。

「ギル、笑わないの！」

ギルさんを見るが、笑っているようには見えない。

それから、今日の仕事を終えたわたしたちはクマさんが待っているトンネルに帰ってくる。

「それじゃ、ギルさん、お願いします」

シン君とブル君が、ギルさんに剣の相手をしてもらっている姿がある。

なんでも、ラッ君とわたしはズルイらしい。ラッ君はブランダさんから弓の扱いを教えてもらって、わたしはユナさんに魔法を教えてもらったのが羨《うらや》ましいらしい。

だから、二人はギルさんに戦い方を教えてもらうことにしたようだ。

「ふふ、ギルもまんざらでもないみたいね」

シン君が剣を振るうけど、ギルさんは大きな剣で薙《な》ぎ払う。

「ギルさん。どうしたら、強くなれますか？」

「筋力をつけろ。持久力をつけろ。剣士は誰よりも動かないとダメだ」

「はい！」

「相手から目を逸《そ》らすな。技術は経験から得ろ」

「それでも、勝てなかったら」

「仲間とともに戦え。おまえには信じられる仲間がいる」

シン君がわたしたちを見る。

「一人じゃ、強くなれないってことですか？」

「人には限界がある。本当の強者になれるのは一握りだ。でも、仲間とともに戦えば、その強者に近づける」

「ふふ、珍しく、しゃべるわね。気に入ったのかしら？」

「ルリーナさん。やっぱり、強くなるのは限界があるんですか？」

「そりゃ、あるわよ。人なんて平等じゃないわ。魔力がいい例でしょう。わたしとホルンちゃんじゃ、魔力の量が違うし、さらにユナちゃんとでは比べることもできないほど、差があるわ」

「ユナさんって、やっぱり、そんなに強いんですか？」

「強いわよ。ゴブリンキングを倒したときなんて、凄かったわよ。落とし穴に落として、魔法を撃ち込んで倒すし。ブラックバイパー相手に一人で戦いに行くことも信じられないし、それを平気な顔をして倒してくるのよ」

ユナさん、凄いです。

「とても、そんなふうには見えないんだけどね」

確かに見えないです。とっても可愛らしい、クマさんにしか見えないです。

「初めて会ったときのシン君のことを思い出すと、怖いです」

「なにかあったの？」

わたしは初めてユナさんと出会ったときの話をする。

「ホルン、それを言うなよ。誰だって、初めてユナさんに会えば、あんな可愛いクマの格好をした女の子が強いなんて思わないぞ」

いつのまにか剣の練習をやめて、わたしたちの話を聞いていたみたいだ。

「シン君、怖いことをするわね。もっと命を大事にしたほうがいいわよ」

「ルリーナさんまで」

「ユナを怒らせると怖い」

「ギルさん？」

「わたしたちの前の仲間がユナちゃんに喧嘩《けんか》を売って、ボッコボコにされたからね。顔なんて凄い腫《は》れちゃったんだから」

ルリーナさんは笑いながら言うけど、怖いよ。

シン君もその話を聞いて、強張《こわば》った顔をする。ボッコボコにされなくてよかった。

そして、翌日はルリーナさんたちと一緒にクリモニアに向かう馬車に乗って帰ってきた。

わたしたちは体を休めるため、数日を休日とする。そして、今日はみんなで買い物に行き、念願のアイテム袋を購入する。

「これで、討伐した魔物を運ぶことができるな」

「うん、目標はこの同じ大きさのアイテム袋を全員が持つことだな」

「頑張ろうね」

「おぉ」

ユナさんに出会ってから、なにか、全てが順調になっている気がする。

それまではいろいろと大変だった。お金を節約したり、欲しいものを我慢したりした。

ユナさんはわたしにとって、幸運のクマさんかもしれない。

ノベルス版5巻 書店特典① 王都に行く クリフ編

俺は疲れた体に鞭打って、王都に向かう。

この数日間忙しく、寝る時間を削ってまで仕事をした。これも全てはあのクマのせいだ。クマはいきなり家にやってきたと思ったら、エレゼント山脈にトンネルを掘って、ミリーラの町まで繋げたという。

しかも面倒なことに、ミリーラの町が俺の領地の一部になることになった。

ミリーラは海の近くにある町で、クリモニアに利益をもたらす。だから、クマに文句の1つも言えない。

そのクマは俺が忙しく動き回っているのに、暇そうにしている。先日も娘のノアに会いに来ていた。しかも、能天気な顔をしている。とてもじゃないが、クラーケンを倒したのと同一人物とは思えない。もし王都の件を知らなかったら、鼻で笑っていたかもしれない。

とりあえず、この数日間は忙しかった。

冒険者ギルドに行き、ギルマスにトンネルの話をすれば信じてもらえず、トンネルまで連れていくことになったり、魔物の討伐範囲を決めたり、魔物討伐料を少し高めに設定したりした。冒険者ギルドから冒険者の足となる馬車を用意することを勧められて、馬車の手配まですることになった。

ミリーラの町に食料を運ばないといけないので、商業ギルドのミレーヌにトンネルまでの道を作らせる。安全面を確保するために、冒険者を雇う話が出たりする。

道の確保は早急にしたいから、魔物討伐と護衛の手配は同時進行になる。お金がかかるのが悩みの種だ。

トンネルの通行料が入るのは先の話だ。これは早めに王都に行って、クラーケンの素材を売ってお金にしないとダメだ。

通常の仕事もあるのに。

くそ、やることが多い！

王都に到着すると、まずはフォシュローゼ家の屋敷に向かい、エレローラに会う。

「久しぶりに再会すれば、やつれているわね」

「急いで来たからな」

本当ならクリモニアに残って仕事をしたかったが、国王陛下に報告をしないといけないから、そうもいかない。

「そんなにわたしに会いたかったのかしら」

「冗談に付き合うほど、暇じゃないぞ」

「あら、つれないわね。でも、会えたのは嬉しいわ。シアも喜ぶわよ。これもユナちゃんのおかげね。ユナちゃんに感謝しなくちゃね」

「あのクマに感謝なんぞいらん。俺の平穏を壊したんだからな」

「そんな、心にもないことを言って」

くそ、エレローラにはバレる。あのクマには感謝している。1万の魔物から命を救ってくれたことも、孤児院の件でもだ。だからといって、口に出すことではない。

「それで国王陛下に謁見はできるのか？　なるべく早くクリモニアに戻りたいんだが」

「もう、いきなり手紙が来るから驚いたわよ」

エレローラに手紙を出して、国王陛下に会えるように頼んだ。俺が直《じか》に国王陛下に手紙を出すより、エレローラに頼んだほうが早い。

「大丈夫よ。クリフが到着しだい、会えるようになっているわよ」

「それは助かるが、よくあの曖昧《あいまい》な手紙で国王陛下が了承してくれたな」

エレローラにもトンネルについては話していない。クマについてと、ミリーラの町について緊急に内密に報告したいことがあると伝えただけだ。

「だって、ユナちゃんに関することなんでしょう。それなら、国王陛下はなにがあっても話を聞くわよ」

「あのクマは王都でなにをしているんだ」

「国王一家の胃袋を摑んでいるわよ」

「はあ」

王族に食べ物を食べさせるって、普通ならありえないぞ。

あのクマは本当になにを考えているんだ。

翌日、エレローラと一緒に城に向かう。

城は何度来ても落ち着かない。どうも、堅苦しいところが苦手だ。それに貴族同士の関係が面倒でしかたない。だから、そのことを全て引き受けてくれているエレローラには感謝している。

「それで、どこでお会いするんだ?」

「ユナちゃんのことだから、国王陛下の執務室ね」

「本当か?」

確かに、人に聞かれたくない話だと伝えたが、執務室で会ってくれるとは思わなかった。

ここまでの待遇だと怖いぐらいだ。これもクマのせいか?

でも、国王陛下と対面か、緊張する。それに引き換えエレローラは慣れたものだ。

「この部屋よ」

俺は心を落ち着かせて、国王陛下に会う気構えをする。なのに、隣にいる無神経女が、さっとノックしてドアを開けてしまう。

「おい!」

「何度も言っているが、返事を待ってから入れ！」

部屋の中から怒鳴り声が聞こえてくる。

でも、隣の女は気にした様子はない。これが俺の妻だと思うと呆れる。もう少し、立場を考えて行動してほしいものだ。

「ノックをしたから、いいでしょう」

国王陛下はため息を吐くと、俺のほうを見る。

「国王陛下、このたびは時間を取っていただきありがとうございます」

「かまわぬ。ユナの話となれば、聞かないといけないだろう。あのクマがなにをしたか気になるからな。それであのクマはなにをしたんだ？」

国王陛下に、クマがエレゼント山脈にトンネルを作って、クリモニアとミリーラの町を繋げたことを話す。

「ユナちゃんが海へ行くって話は聞いていたけど、エレゼント山脈にトンネルを作るって……」

「呆れて物も言えないな」

それには同感だ。

「それで、ミリーラの町がクリモニアの領地の一部になるってことだな」

「はい」

「でも、よくそんな話が来たな」

「これもユナのおかげで」

「どういうこと？」

国王でなくエレローラが尋ねてくる。

「これは他言無用でお願いします」

「分かっている。だから、この部屋で話している」

俺はユナが一人でクラーケンを倒したことを話す。そして、ユナが町の住人から慕われていること、ユナが住んでいるから、ミリーラの従属先にクリモニアが選ばれたことを伝える。

「クラーケンを一人で……」

「クリフ、流石《さすが》にそれは」

「こんな嘘《うそ》を吐くために、王都まで来ない」

「だよね」

そもそも、誰がこんな話を信じるんだ。話している俺も信じられないのに。でも、討伐されたクラーケンは現に存在するし、町も実際に救われている。

「話はだいたい分かった。領地拡大の件も了承した」

「ありがとうございます。それで、もう1つお願いがあります」

「なんだ？」

「クラーケンの素材をお城で買い取ってもらえませんか？」

「クラーケンの素材をか？」

「はい。クリモニアから売りに出すと、ユナのことを知られる可能性もあります」

「町の住人は知っているんだよな。今さらだと思うが」

「一応、町の住人には口外しないように言っています。皆、ユナに感謝しています。ユナの頼みなら断らないでしょう」

「ユナちゃん……」

「もし、誰かの口から漏れることがあっても、普通なら信じないと思います。でも、クリモニアからクラーケンの素材が売られることがあれば、もしものこともあります」

「そういうことなら分かった。素材は全て、城で買い取る」

「ありがとうございます。でも、魔石だけはユナが持っていますので」

「クラーケンの魔石か。確かに欲しかったが、それはしかたないな」

「でも、クラーケンの皮とか素材は、かなりの価値があるわよ」

「そのお金でトンネル周辺の整地、魔物討伐、トンネルに必要な魔石の購入をしたいと思います」

「分かった。それで報告は以上か？」

「あと、トンネルに使用する魔石を王都で大量に買うことをお許しください」

相場を崩すほどではないと思うが、一応伝えておく。

「そうだな。エレローラ、あとで商業ギルドに伝えておけ」

「分かったわ」

無事に伝えることができた。

あとは今日はゆっくり休んで、明日には出発だな。

「それじゃ、エレローラ。クリフの分も昼食を用意するようにゼレフに伝えておけ」

「了解」

「どういうことでしょうか？」

「ユナについての報告が、それで済むわけがなかろう。食事をしながら詳しい話を聞く」

国王陛下に「自分はこれで帰らせてもらいます」とは言えない。

「分かりました」

それから、ミリーラの現状報告、ユナがどんなことをしたかをこと細かに話すことになった。

これも、全てあのクマのせいだ。

ノベルス版5巻 書店特典② ユナとクマと熊

わたしはゴブリンとオークを討伐して、採ってきたハチミツをパンケーキにたっぷりつけて食べている。

うん、美味しいね。

そんなわたしを、横にいる子熊化したくまゆるとくまきゅうが見ている。

「もしかして、食べたいの？」

パンケーキが食べたいのか、ハチミツが食べたいのか分からないけど、ジッとわたしのことを見ている。召喚獣のくまゆるとくまきゅうは普通に食事をすることもできるし、食べないでわたしの魔力で補うこともできる。

「食べる？」

2人に尋ねると、くまゆるとくまきゅうは「くぅ～ん」と嬉しそうに鳴く。

わたしは残っているパンケーキを2つに切り分ける。そして、少し大きく切り分けたパンケーキをフォークに刺すと、くまゆるの口の中に入れてあげる。次にもう半分のパンケーキをくまきゅうの口の中に入れてあげた。

2人とも美味しそうに食べてくれる。食べてくれるのは嬉しいけど、わたしのパンケーキがふた口でなくなってしまった。

くまゆるとくまきゅうの頭を撫《な》でて和《なご》んでいると小さく鳴く。

「うん、どこを見ているの？」

くまゆるとくまきゅうの視線はハチミツが入った壺に向いていた。

やっぱり、クマだから、ハチミツが好きなのかな？

わたしは少し大きめなスプーンを取り出すと、ハチミツをすくってくまゆるとくまきゅうの口に運んであげた。

嬉しそうにするので、調子にのってどんどん与えていたら、ハチミツが入っていた壺が空っぽになってしまった。凄《すご》い笑顔になる。くまゆるとくまきゅうがもっと欲しそうに待ちかまえるが、ないものはあげることができない。

「もう、ないよ」

空っぽの壺を見せると、くまゆるとくまきゅうが悲しそうな顔になる。

「そんなに落ち込まないの。買ってあげるから」

くまゆるとくまきゅうの頭を優しく撫でてあげる。

やっぱり、クマはハチミツが好きみたいだ。

わたしはハチミツを買いに行くため、レムさんのお店に向かう。それにあの熊の親子のことも気になるから、話を聞いてみたい。

お店にやってくると、レムさんが出かけようとしている姿があった。

「クマの嬢ちゃん？」

「ハチミツを買いに来たんだけど、レムさんは出かけるの？」

「ああ、ちょっと、森まで様子を見にな。ハチミツなら、嬢ちゃんのおかげで売っているから、買っていってくれ」

森まで行くのか。

「森の熊たちは大丈夫？」

「ああ、もちろんだ。クリフ様に嬢ちゃんの名前を出したら、一発だったよ。本当に嬢ちゃんにはなんてお礼を言ったらいいか」

「あの熊の親子が無事ならよかったよ。クリフが熊の討伐の指示を出すようなら、戦わないといけなかったからね」

「心強いが、怖いことを言うな」

レムさんは笑うけど、わたしは本気だよ。

「わたしも熊に会いたいから、ついていってもいい？」

「もちろんかまわんが、会えるかどうか分からんぞ」

「いいよ」

レムさんの馬車に乗って蜂の木がある森までやってくる。

なんでも、まだ1頭しか熊を確認できていないそうだ。それも遠目に見ただけだという。

だから、時間ができると森に確認しに行っているらしい。

あっ、こっちに道があったんだね。森に馬車が通れる道があった。馬車は森の中に入っていく。そして、蜂の木近くの、一面に咲く花の広場の少し手前で馬車が止まる。

「う～ん、どうやら、熊たちは来ていないみたいだな」

蜂の木を見るが熊たちの姿はない。レムさんは少し不安そうにする。わたしのクマの探知スキルじゃ、魔物でない熊は見つけることはできない。

クマのスキルなのに……。

わたしはくまゆるとくまきゅうを召喚する。レムさんは驚いて、一歩下がる。

「くまゆる、くまきゅう、熊の居場所は分かる？」

くまゆるとくまきゅうは「くぅ～ん」と鳴くと歩きだす。

「くまゆるたちが場所が分かるって。レムさんも一緒に行きますか？」

「ああ、もちろんだ」

レムさんはくまゆるとくまきゅうに驚いたけど、すぐに頷く。わたしたちはくまゆるとくまきゅうを先頭に森の中を歩いていく。

「これが、噂《うわさ》の嬢ちゃんのクマか」

しばらく歩くとくまゆるが「くぅ～～～～ん」と大きく鳴く。

森の中に響き渡り、遠くからも「くぅ～～～ん」と聞こえてきた。

「なんだ！」

「もしかして、呼んでくれたの？」

くまゆるは軽く鳴く。

しばらく待っていると、熊の親子が森の奥から出てきた。

「おお、熊の親子じゃ、よかった」

父熊、母熊、それに2頭の子熊だ。

よかった。ちゃんといるね。

その熊の親子の中にくまゆるとくまきゅうも加わる。

「凄い光景だな。熊がこんなにたくさんいるなんて」

確かにそうだね。普通なら、怖いかもしれないけど。襲われないと分かっているなら、可愛《かわい》いものだ。

熊たちが戯れる光景を見ていると、子熊がわたしのところに擦《す》り寄ってくる。

おお、可愛いね。頭や体を撫でてあげる。

「じょ、嬢ちゃん。熊たちにお礼を言いたいが、大丈夫か？」

なにか、レムさんはわたしがクマと会話ができると勘違いしているみたいだけど、まあいいか。

「くまゆる、くまきゅう、レムさんが熊さんにお礼が言いたいんだって、近寄っても大丈夫？」

　すると、くまゆるとくまきゅうは熊たちと会話らしいものをする。そして、くまゆるがわたしたちに近寄ってきて、レムさんの背中を体を擦り付けるように押す。

「なんだ？」

「近寄っていいって」

　くまゆるの行動を見て、通訳をする。実際にはなにを言っているか分からない。でも、くまゆるとくまきゅうの気持ちは伝わってくる。

「おお、そうか」

　レムさんはゆっくりと熊たちに近づく。

「今まで、守ってくれてありがとうな」

　レムさんは父熊に触りながら、お礼を言う。すると、父熊も体をレムさんに擦り付けてくる。

　その行動にレムさんは嬉しそうにする。さらに母熊を撫でて、お礼を述べる。

「子熊たちを触ってもいいか？」

「くぅ〜ん」

　レムさんが尋ねると、子熊たちが足元に近寄ってくる。

「可愛い子供たちだな」

　レムさんは腰を下ろし、子熊たちを抱きしめる。

「まさか、触れられるとは思わなかった」

満面の笑みを浮かべて、嬉しそうに熊たちに触る。

「いつでも、ハチミツを食べに来てくれていいからな」

レムさんは我が子に接するような表情になっている。

しばらく？　かなりの間、レムさんが満足するまで熊の親子たちと戯れた。

「お嬢ちゃん。今日は本当にありがとう。熊たちに会えたこともそうだが、近くでお礼を言えて、心が繋がったような気がした」

本当に嬉しそうな顔だ。そこまで喜んでもらえると、わたしも嬉しくなる。

「わたしも元気そうな熊たちに会えてよかったよ」

まあ、怪我を治して無事なのは確認している。でも、もう一度会えたのは嬉しい。

今度、フィナたちも連れてきてあげたら喜ぶかな？

「またわたしも、熊たちに会いに来てもいいかな？」

ここは蜂の木があり、立ち入りが禁止されているから一応聞いてみる。

「もちろんだ。いつでも会いに来てやってくれ。熊たちも喜ぶ」

それじゃ、今度、フィナたちを連れて遊びにくるかな。

帰りにハチミツを買おうとしたら、一壺お礼にもらってしまった。でも、くまゆるとくまきゅうがペロリと食べるので、数日後、またすぐ買いに来ることになった。

ノベルス版5巻 書店特典③　アンジュとフローラ姫

わたしはフローラ様のお世話をしているアンジュです。

わたしが少し部屋を空けているときにフローラ様が部屋を抜け出しました。たまに一人で抜け出すことがあります。いったい、誰に似たのでしょうか。

捜しに行こうと思うと、フローラ様がエレローラ様と一緒に戻ってきました。エレローラ様が連れてきてくださったようです。フローラ様の横には可愛《かわい》らしいクマの格好をした女の子がいました。その後ろには10歳ほどの女の子がいます。

この女の子たちはなんなんでしょうか？

フローラ様は嬉しそうにクマの格好している女の子の手を握っています。エレローラ様が話しかけてきます。

「ちょっと、フローラ様に捕まってね。彼女たちはわたしのお客様だから安心して」

「かしこまりました」

エレローラ様がそうおっしゃるなら安心です。それに2人とも危険には見えません。

エレローラ様はフローラ様に絵本を薦めます。でも、フローラ様はお部屋にある絵本は嫌がります。

するとクマの格好をした女の子は紙と描くものをエレローラ様にお願いします。エレローラ様が紙とペンをクマの格好した女の子に渡すと、クマの女の子は絵を描きだしました。フローラ様はクマの女の子の横で楽しそうにしています。わたしはもう一人の普通の女の子がどうしたらいいか困っているように見えたので、椅子に案内します。女の子は緊張しているようで、動きが硬いです。

どのような女の子なのか分かりませんが、いきなり、幼いとはいえお姫様のお部屋に連れてこられれば緊張はします。

わたしは小さな女の子に尋ねます。名前はフィナちゃん、クマさんの格好をした女の子はユナちゃんというらしいです。なんでも、お城の見学をしていたらフローラ様が現れて、クマの格好したユナちゃんに抱きついてきたといいます。フィナちゃんはわたしの質問には答えてくれますが、心ここにあらずって感じです。

しばらく、フィナちゃんとお話をしていると絵本が完成したようです。

みなさんがお帰りになった後に、絵本を見させてもらいました。

丸みがかった可愛らしい絵で、題名は「クマさんと少女」です。

絵本の内容は病気のお母さんのために女の子が頑張り、その女の子をくまさんが助けるお話です。女の子が母親のために頑張るところも素晴らしいですが、くまさんが女の子を助けるところもいいです。絵柄もとっても可愛らしく、フローラ様も嬉しそうです。

ユナちゃんに感謝をしないといけませんね。

それから数日後、驚くことがありました。国王陛下よりお言葉をいただきました。

今後、ユナちゃんはお城の出入りが自由になり、フローラ様に会いに来たら会わせるように言われました。さらに、客人として扱うようにと命じられました。

もちろん疑問に感じますが、国王陛下にお尋ねすることはできませんので頷きます。

国王陛下の客人扱いになるということは、ユナちゃんって呼ぶのは失礼になるかもしれません。

最近のフローラ様の楽しみは、お城で働いている者を見つけると、絵本を読んであげることです。

でも、心配ごとがあります。一応製本されているけど、破けたり、汚れたりしないか心配です。あの絵本はユナ様がフローラ様に描いた、世界に1つしかないものです。もしものことがあればフローラ様も悲しみます。それにユナ様になんて言ったらいいか分かりません。

「フローラ様、お持ちしましょうか？」

「だいじょうぶ」

フローラ様は大切そうに絵本を抱きしめます。

少し心配ですが、水場や床が汚れている場所でないなら大丈夫でしょう。

フローラ様が仕事をしている者に近寄ると、みな手を止めてフローラ様の話を聞いてくれます。

「えほんよんであげるね」

フローラ様の笑顔には誰も勝てません。もちろん、忙しい者もいます。その場合はひたすらに頭を下げて謝ります。フローラ様が悲しそうな顔をしますが、それを慰めるのがわたしの仕事です。

「今日はあちらに行きましょうか」

「うん」

確か、あちらでは掃除をしている者がいたはずです。

フローラ様と廊下を歩いていると、モルナカが掃除している姿がありました。モルナカは1年ほど前からお城で働くようになった20歳ほどの活発な女性です。

「フローラ様、おはようございます」

モルナカはフローラ様に笑顔で挨拶《あいさつ》をします。

「モルナカ、少し時間はありますか？」

モルナカに尋ねると、モルナカはフローラ様の持っている絵本を見ます。フローラ様の文字を読む勉強にもなるので、少しの間なら仕事の手を止めて、フローラ様に付き合ってよいとお城の中で働く者に伝わっています。モルナカもそれに気付いたようです。

「えほん、よんでもだいじょうぶ?」

フローラ様が絵本を持って尋ねます。

「はい、大丈夫ですよ」

モルナカが笑顔で答えると、フローラ様は満面の笑みを浮かべます。可愛《かわい》いです。

わたしたちは近くの座れる場所に移動します。フローラ様はわたしの膝の上に乗って絵本を広げます。

モルナカが羨ましそうにしますが、フローラ様の乳母となりお世話係になったわたしの特権です。

フローラ様が赤ちゃんのときからお世話をしていますから、畏《おそ》れ多いですが自分の子のように可愛いです。

「とあるまちにちいさなおんなこがいました」

モルナカは隣に座って、笑顔でフローラ様のお話を聞きます。実はお城で働く者の中でフローラ様に絵本を読んでもらうのが流行になっています。読んでもらった人は自慢ができるそうです。フローラ様の散歩する時間も、散歩する場所もまちまちなので読んでもらえる確率はとても低いです。

でも、わたしは特等席でフローラ様のお言葉を聞くことができます。フローラ様の可愛らしい声はみんなを幸せにしてくれます。

「おんなのこはくまさんのせなかにのります」

可愛らしいクマさんの背中の上に女の子が乗る絵です。初めて見る者は吸い寄せられるように目が離せなくなります。モルナカも先ほどから、可愛い絵柄を熱心に見ています。ユナ様の描いた絵柄はとっても可愛いです。絵本に登場するクマも怖くありません。とても可愛らしく描かれています。

絵本は読み続けられ、女の子はくまさんと一緒に薬草を見つけることができました。女の子はお母さんに薬を持っていきます。

「ありがとう、くまさん」

最後に女の子がお礼を言って、フローラ様の絵本の読み聞かせが終わります。

「フローラ様、ありがとうございました。とても、読むのがお上手でした」

フローラ様はモルナカに褒められて嬉しそうにします。

「もしよかったら、またお聞かせください」

「うん、いいよ」

約束を取り付けるとはモルナカもなかなかやります。2回聞くにはかなりの幸運が必要です。

フローラ様は嬉しそうに次の場所に向かいます。

こんな感じで、フローラ様は絵本の読み聞かせが日課になっています。

「アンジュ、あのくまさんの絵本ってどこに売っているの?」

「絵本？」

今日のフローラ様のお世話も終わり、お城で一緒に働くモリッサに尋ねられます。

「この前、フローラ様に読んでもらった絵本よ。うちの娘にも買ってあげようと思うんだけど。見つからなくて」

「あれは売っていませんよ」

わたしはクマの格好をした女の子がフローラ様の部屋で描いたことを説明しました。

「それじゃ、フローラ様のためにその場で絵本を描いたの？」

わたしもこの目で見ても信じられませんでした。

ユナ様はその場でどんどん絵を描いていきました。まるで、魔法の手のようでした。クマさんの顔をした手でしたけど。

「それじゃ、売っていないんだ。他のみんなにも、どこに売っているかアンジュに聞くように頼まれていたんだけど」

そうだったんですね。

実はわたしも他の人から絵本のことを聞かれています。わたしもフローラ様と同じ年の娘がいます。娘のために欲しいですが、この世に1冊しかないものです。

「う～ん、それじゃ嘆願書を集めて、お願いすれば、同じものを作ってくれるかな？」

それはいい考えです。

娘にも欲しいので、わたしもその提案には賛成します。

それに複写した絵本を持ち歩くようにすれば、もし破れたり汚れたりしても大丈夫です。

そのあたりも書いてお願いをしましょう。

ノベルス版5巻 書店特典④ ミリーラ旅行 フィナ編

1日目

お母さんとシュリと一緒にコケッコウの卵の数を数えていると、ユナお姉ちゃんがやってきました。

なんの用かと思ったら、いきなりお母さんにわたしの貸し出し許可をお願いします。しかも、お母さんも許可を出します。

わたしは物ではありません。ユナお姉ちゃんもお母さんもわたしをなんだと思っているのでしょうか？

理由を尋ねると、ミリーラの町に行くから一緒に来てほしいって。わたしが前に海を見たいって言ったのを覚えていてくれたみたいです。嬉しいです。それならそうと最初から言ってください。

でも、仕事があります。わたしが悩んでいると、お母さんが後押ししてくれます。お母さんの許可も出たので、海に行くことになりました。

「それじゃ、お嬢様をお借りしますね」

「こんな娘でよかったらいつでもいいわよ」

もう、お母さんもユナお姉ちゃんも人のことで楽しんでいます。うう、恥ずかしいです。

でも、妹のシュリがわたしのことを羨ましそうに見ています。どうやら、一緒に行きたいみたいです。シュリがそのことを口にすると、ユナお姉ちゃんはシュリのことも誘ってくれました。

シュリも一緒に行くことになりました。ユナお姉ちゃんは優しいです。


さっそく、くまゆるに乗って出発です。シュリがくまゆるの上で騒ぎます。嬉しいのは分かりますが、くまゆるが可哀想《かわいそう》なので注意します。

くまゆるは凄《すご》い速さで道を走ります。そして、森の中にできた道を駆け抜けます。森ではいろいろな人たちが仕事をしています。シュリはくまゆるの上から元気に手を振ります。相手も手を振ってくれます。なにか、嬉しいです。

森の道を抜けると、大きなクマさんの石像が出迎えてくれます。

なんでクマさんが?

このクマさんの石像はユナお姉ちゃんのお店にあるクマさんと同じです。

ユナお姉ちゃんに尋ねますが、聞かれたくなさそうにしていますので、これ以上聞かないことにします。でも、絶対にユナお姉ちゃんと関係があります。

トンネルの中は光の魔石が照らして明るいです。

これがトンネル。

くまゆるとくまきゅうがトンネルを走ります。同じ光景がどこまでも続きます。同じ光景が続くと不安になってきます。でも、しばらく走ると人がいます。どうやら、魔石の取り付け作業をしているようです。人を見ると、少し安心できます。

ここから先は光の魔石が取り付けられていないので、真っ暗です。でも、ユナお姉ちゃんの光の魔法でトンネルは明るくなります。明かりはクマさんの顔をしています。とっても可愛《かわい》いです。

トンネルを抜けると、そこには大きな水がどこまでも広がっていました。

これが海……。

話に聞いていたよりも、凄く大きいです。これが全部水。シュリも目を大きく広げて、海を見ています。

こんな光景が見られるとは思ってもいませんでした。

ユナお姉ちゃんが海に行ってみようかって言ってくれます。わたしとシュリは満面の笑みで頷《うなず》きます。

海の水はとっても冷たかったです。そして、しょっぱかったです。水は塩水でした。のどが痛いです。ユナお姉ちゃんが水を出してくれました。

ふ〜、助かりました。でも、ユナお姉ちゃんは、そんなわたしたちを見て笑っていました。酷《ひど》いです。

それから、町に向かいます。

途中で見えたのはクマさんです。大きなクマさんが見えます。

ユナお姉ちゃんのお家だそうです。なんで、こんなに大きいのでしょうか？

町に到着すると、町の人たちはみんなユナお姉ちゃんに声をかけてきます。

ユナお姉ちゃんは人気者です。

それから、宿でデーガさんって凄い筋肉の人を紹介されます。冒険者ギルドのラーロックおじさんと同じぐらい大きいです。しかも、料理がとっても上手だそうです。

そこで、ユナお姉ちゃんが町に来た理由を話してくれます。

なんでも、タケノコっていうものを採りたいそうです。一人で採るのは寂しかったから、わたしたちが呼ばれたみたいです。あれ、海を見せてくれるためじゃなかったの？

でも、海は見たので、ユナお姉ちゃんのお手伝いをします。だけど……タケノコってなんでしょうか？

デーガさんもタケノコに興味を持ったようで、明日の朝一緒に掘りに行くことになりました。

デーガさんの料理を食べたわたしたちは、クマさんのお家にやってきます。大きいです。クマさんが2つ並んでいます。

なんでも、孤児院の子供たちを連れてくるために作ったそうです。それにしても大きいです。

中に入ると、大きな食堂です。2階は大きなお部屋です。ここでみんなで寝る予定だそうです。3階に上がります。3階が今晩わたしたちが泊まる部屋になるそうです。4階、お風呂です。大きいです。

男女で分かれています。

少し早いですが、明日は早いのでお風呂に入って休むそうです。

さっそく、裸になってお風呂に入ります。でも、浴槽にはお湯がありませんでした。空っぽでした。それも当たり前です。今、帰ってきたばかりなんです。とりあえず、お湯がたまるまで先に髪や体を洗います。

妹の体を洗い、自分の体を洗います。洗い終わる頃、ユナお姉ちゃんが髪を洗おうとしています。

ユナお姉ちゃんの髪は長くてとっても綺麗です。体も腕も細くて綺麗な体をしています。この細い腕のどこに魔物を倒す力があるんでしょうか?

やっぱり、魔法なのでしょうか？　でも、この細い腕で冒険者たちを殴っていました。

わたしは不思議に思いながら、ユナお姉ちゃんが髪を洗うのをお手伝いします。

2日目

タケノコという食材を採りに行くため、朝早くに出発します。早く寝たおかげで眠くありません。町の入り口に到着するとデーガさんが待っています。鍬《くわ》を肩に乗せてやる気満々です。

ユナお姉ちゃんがいう竹林にやってきます。これが竹なんでしょうか？

緑色をしている細い筒のようです。軽く叩くけど、コンコンと硬いです。とてもじゃありませんが、食べられるとは思えません。わたしと同じことを思ったらしいデーガさんがユナお姉ちゃんに尋ねます。すると、ユナお姉ちゃんは地面を魔法で掘って何かを取り出します。

なんでも、この緑の筒になる前の状態だそうです。触ると、確かに柔らかいです。これがタケノコで、食べると美味しいらしいです。ユナお姉ちゃんはとっても物知りです。

でも、地面を掘ることになりますが、わたしとシュリは掘る道具を持っていません。

ユナお姉ちゃんがクマさんの手袋を前に突き出すと、くまゆるとくまきゅうが出てきます。

わたしはくまゆる、シュリはくまきゅうと一緒になってタケノコを掘ることになりました。

「くまゆる、お願いしますね」

「くぅ～ん」

みんなと別れてわたしはくまゆると一緒に移動します。

少し離れた位置ですが、このあたりでいいかな。

「くまゆる、分かる？」

「くぅ～ん」

くまゆるが鳴くと、地面を掘りだします。すると、あっと言う間に穴ができ、先ほどのユナお姉ちゃんが見せてくれたものと同じものが現れます。

くまゆるは最後の役目はわたしに譲ってくれます。わたしは穴からタケノコを引き抜きます。ちょっと大変でしたが、抜けました。これが食べられるんですね。どんな味がするのか楽しみです。

わたしはタケノコを抱えて戻ります。まずは1本目です。

「ユナお姉ちゃん、これでいいんですよね」

魔法で掘っているユナお姉ちゃんに確認をします。

「そうだよ。頑張ってたくさんお願いね。孤児院のみんなにも食べさせてあげたいから」

「はい、頑張ります」

わたしは戻ってきます。

くまゆるが見つけて掘って、最後にわたしが引き抜き、運ぶのが仕事になります。

何度か運ぶ途中、シュリと出会います。

「お姉ちゃん、速いです」

運んできたタケノコの数ではわたしのほうが勝っています。でも、デーガさんの姿は一度も見てません。

そのことをユナお姉ちゃんに尋ねると、ユナお姉ちゃんも見ていないそうです。やっぱり、くまゆるとくまきゅうがいないと掘るのが大変なんじゃないでしょうか。

それから、タケノコもたくさん採れ、ユナお姉ちゃんが終わりを告げます。

シュリはわたしに負けたことを残念そうにしていましたが、妹に負けるわけにはいきません。

でも、シュリも頑張ったので褒めてあげます。

ついに、一度も見かけなかったデーガさんを捜すためユナお姉ちゃんは出かけていきます。すぐに戻ってきましたが、デーガさんの手にはタケノコが1個しかありませんでした。どうやら見つけられなかったみたいです。それを簡単に見つけて掘ってくれたくまゆるは凄いです。

デーガさんの宿屋に戻ってくると、ユナお姉ちゃんがさっそく料理をしてくれます。お手伝いをしようとしましたが、「朝早くから働いて疲れているでしょう。休んでていいよ」と言われて、わたしとシュリは椅子に座って休みます。

しばらくするとユナお姉ちゃんが作ったタケノコ料理がテーブルに並びます。どれも美味しそうです。料理を見ると、朝食を食べていなかったわたしのお腹が小さく鳴ります。でも、誰にも聞かれなかったみたいです。よかったです。

わたしとシュリは食べ始めます。お腹が減っていたシュリは頬を膨らませて食べます。もちろん、わたしも食べます。とっても美味しいです。料理人のデーガさんも知らない料理を作れるユナお姉ちゃんって、凄いです。

それから、わたしとシュリの希望もあって、船を見に行くことになりました。船が並んでいるところを港というらしいです。港にはいろいろな船が浮かんでいました。これに乗って、この広い海でお魚を捕るんですね。シュリが船に乗りたそうにします。その気持ちは分かります。わたしも乗ってみたいです。でも、そんなわがままを言うわけにはいきません。

船を見ていると、シュリが大きな船を見つけて、走りだします。

「シュリ、待って」

走ったら危ないので、追いかけます。

シュリを捕まえておとなしくさせていると、奥にある船の陰から人が出てきました。その人はユナお姉ちゃんを見ると、声をかけてきます。どうやら、ユナお姉ちゃんの知り合いみたいです。お名前はダモンさんとユウラさんというらしいです。

そして、なんと、ダモンさんの船に乗せてもらえることになりました。

船は水の上を動きます。初めはゆっくりと、徐々に速度が上がっていきます。シュリは騒ぎます。ユナお姉ちゃんが落ちないようにと叫びます。

船はどんどん陸から離れていきます。冷たい風が吹き付けます。怖いけど、楽しくもあります。たぶん、怖くないのはユナお姉ちゃんが側にいてくれるからです。ユナお姉ちゃんと一緒にいると安心します。

ユナお姉ちゃんに会ってから、見える風景が大きく変わりました。王都に連れていってもらい。今回は海にまで連れてきてくれました。ユナお姉ちゃんに会えなかったら、絶対に見ることができなかった風景です。

ユナお姉ちゃん、ありがとう。

3日目

町に来たら、綺麗な女性が少し睨《にら》むようにユナお姉ちゃんを見て、声をかけてきました。

女性はこの町の冒険者ギルドのギルドマスターのアトラさんだそうです。なんでも、ユナお姉ちゃんが前にこの町に来たときにお世話になったんだそうです。なのに、ユナお姉ちゃんがミリーラの町に来たのに顔も出さなかったので怒っていたみたいです。これはユナお姉ちゃんが悪いです。お世話になった人への挨拶《あいさつ》は大切です。

初めはアトラさんが怒っていた感じがしたので、怖い人かと思ったら、話してみるととっても優しい人でした。

ユナお姉ちゃんの話題で、とっても共感できました。ユナお姉ちゃんは困っている人を助けてくれる、とっても優しい人です。

それから、アトラさんと一緒に行動することになりました。やってきたのは海で捕れたお魚が並んでいる市場です。市場には見たことがないお魚がたくさん並んでいます。川に泳いでいる魚とは大きさも形も違います。

魚とは違って、ぐにょぐにょと動いているものもいます。ちょっと気持ち悪いです。これも食べるのでしょうか。でも、ユナお姉ちゃんがとっても美味しいって言います。食べるには少し勇気がいります。

市場を見たわたしたちが次に向かった先は、屋台が並んでいる広場です。いろいろな屋台から美味しそうな匂いがしてきます。わたしとシュリが食べたそうにしていたら、アトラさんとユナお姉ちゃんがお小遣いをくれました。タケノコ掘りを手伝ってくれたお礼だそうです。

わたしはユナお姉ちゃんとアトラさんにお礼を言います。そして、シュリの手を握って屋台に向かいます。

「お姉ちゃん、これ食べよう」

看板にイカ焼きと書かれています。美味しそうな匂いがしてきます。

1つ買って、シュリと2人で分けます。昔はよく少ない食べ物を2人で分けたものです。

イカ焼きはちょっと硬かったけど、美味しかったです。

イカ焼きを食べたシュリの口元が汚れたので、ハンカチで口を拭いてあげました。

次にお魚を焼いたものや野菜と炒めたものを食べたりします。シュリがいろいろと食べたがりますが、そんなにはお腹に入りません。最後に買った魚料理を、2人で無理をして食べます。

もう、お腹が一杯です。入りません。シュリが食べたがるので、つい買ってしまいました。

でも、どの食べ物も美味しかったです。

それからユナお姉ちゃんのところに戻ったわたしたちは、商業ギルドに行き、お話をして、明日には帰ります。

とっても、楽しい3日間でした。

また、来たいな。

すべてをハッピーエンドに導くための傷だらけ悪役令嬢奮闘記
4月7日
発売予定!
さぁ、悪役令嬢のお仕事を始めましょう
～元庶民の私が挑む頭脳戦～
［著］緋色の雨　［イラスト］みすみ
詳細は公式HP・SNSで!
URL
https://pashbooks.jp/
Twitter
@pashbooks
金曜日発売!

PASH!文庫は毎月第1

この本を読んでのご意見・ご感想・ファンレターをお待ちしております。
〒104-8357 東京都中央区京橋 3-5-7
（株）主婦と生活社 PASH! 文庫編集部
「くまなの先生」係

PASH!文庫
本書は2016年12月に当社より単行本として刊行されたものを文庫化したものです。

くまクマ熊ベアー 5

2023年3月13日 1刷発行

著　者　くまなの
イラスト　029
編集人　春名 衛
発行人　倉次辰男
発行所　株式会社主婦と生活社
〒104-8357 東京都中央区京橋 3-5-7
[TEL] 03-3563-5315（編集） 03-3563-5121（販売）
03-3563-5125（生産）
[ホームページ]https://www.shufu.co.jp
製版所　株式会社二葉企画
印刷所　大日本印刷株式会社
製本所　株式会社若林製本工場
フォーマットデザイン　ナルティス（原口恵理）
編　集　山口純平

©Kumanano　Printed in JAPAN ISBN 978-4-391-15923-3